約會大作戰　安可短篇集

DATE A LIVE ENCORE

【約會事前準備　case-1　四糸乃】

四糸乃站在擺放於自己房內的全身鏡前面，露出一臉不開心的表情。

連身洋裝……沒有皺摺；頭髮……沒有亂翹。仔細確認小細節之後，她戴上大草帽──在鏡子前面轉了一圈。

穿上喜歡的衣服、戴上喜歡的帽子，身體和頭髮也確實洗過了，應該沒有任何問題。可是不知為何就是會感到不安而再三仔細檢查。

「吶～四糸乃～還沒好嗎～～？時間快到囉～～」

四糸乃不斷重複這些動作，套在左手上的兔子手偶「四糸奈」嘴巴便一開一闔地發出不滿的聲音。

「啊……對……對不起，四糸奈……可是……不會很奇怪嗎……？」

「沒問題的啦～～只是去讓他請吃晚餐而已吧～～受不了耶，四糸乃要去士道那裡的時候總是這樣～～」

「……！人……人家……哪有……」

「哪沒有？」

「唔……唔唔……」

四糸乃輕聲低吟，同時拉下草帽的帽簷遮住臉。

於是「四糸奈」聳聳肩大嘆無奈。

「既然慎重到這種地步，由四糸乃妳主動約他去約會還是幹嘛的不就好了～～」

「！那……那種事，我做不到……」

「咦～可是，妳想約會對吧？」

「想……想是……想啦……」

在四糸乃這麼回答完的瞬間，「四糸奈」嘴角上揚，露出狡詐的笑容，然後東翻西找地摸索自己的肚子，拿出小型機器給四糸乃看。

「……！那……那是……」

「嗯哼～～是錄音器喔～～前陣子令音有教我使用方法～～剛才妳說的話，我都完完整整地錄下來了～～」

「……！」

四糸乃屏住呼吸，伸出手打算搶過錄音器，卻被「四糸奈」輕巧地轉過身避開。

「四……四糸奈……！」

「交給我吧～～四糸奈我會用這個幫妳約士道～～」

「不……不可以……！」

……之後，四糸乃雖然好不容易成功從「四糸奈」手中搶走錄音器，不過頭髮變得亂七八糟，衣服也皺巴巴的了。

然而，士道看到這樣的四糸乃──雖然有一瞬間露出驚訝的表情，卻仍稱讚她：「很可愛喔。」

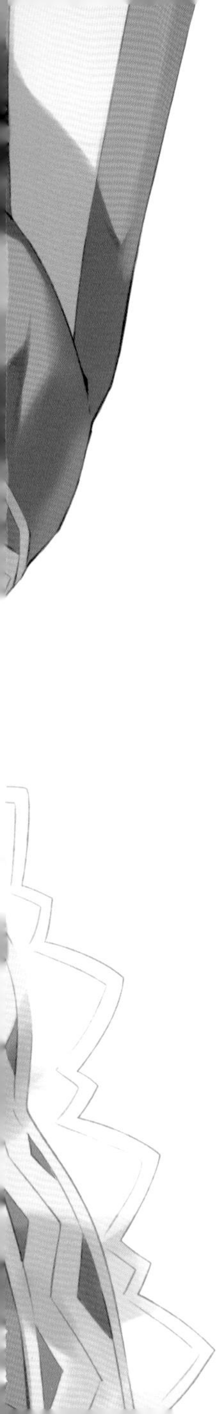

【約會事前準備　case-2　五河琴里】

「……唔。」

琴里在〈佛拉克西納斯〉裡的某執務室，盯著並排在桌上的白色緞帶與黑色緞帶低吟。

當然，因為兩種緞帶都攤開在桌上，所以現在的琴里並沒有束起頭髮。長髮披散在肩上及背上，散發出一股與平常截然不同的氛圍。

正當琴里抱頭苦思之際，執務室的門突然打開了。

「……琴里，關於這個案件……嗯？」

令音一邊說著一邊踏進房裡。

「！」

琴里屏住呼吸，隨即從桌上拿起黑色緞帶，以驚人的速度綁起頭髮。

「令……令音……至少敲個門吧。」

「……嗯，喔，抱歉。我忘記了……所以，妳剛才在做什麼？」

「唔咕……」

琴里支支吾吾，但瞞著令音也無濟於事。她微微聳了聳肩膀，同時嘆了口氣說：

「……明天我要和士道兩個人去買東西，不知該選哪一種緞帶。」

琴里對自己施加強力的思維模式。繫上白色緞帶時能變身成純真的妹妹，而繫上黑色緞帶時則能變身成剛強的司令官。

不過，正因如此……已經讓士道見識過自己的兩種面貌，如今兩人要再次外出，才會令她猶豫不決。要是繫白色緞帶出門，可能會被認為是裝乖巧……話雖如此，但要是繫上黑色緞帶出門，搞不好士道又會覺得自己想太多。

琴里說完後，令音搔了搔臉頰。

「……我覺得選哪一種都無所謂吧。要是妳無論如何都沒辦法決定，就閉上眼睛選選看如何？」

「妳說的是沒錯啦……可是……」

「……妳的哥哥，難道是會因為緞帶顏色這種小事就討厭妹妹的那種男人嗎？」

「……！」

聽見令音說的話，琴里愕然瞪大雙眼……接著肩膀輕輕上下抖動，哈哈一笑。

「也是，我可能想太多了。」

琴里說完解開原本繫在頭髮上的黑色緞帶，放在白色緞帶旁邊，閉上眼睛後用手將它們混在一起。

「要選哪一種……呢！」

然後摸索著選好緞帶，睜開雙眼。

「……啊。」

她的手裡……握著一條白色緞帶與一條黑色緞帶。

「……這種情況下要怎麼算啊？」

令音一臉疑惑地歪著頭。

【約會事前準備 case-3 鳶一折紙】

在基地做完模擬演習之後，折紙等待使用隨意領域後的倦怠感消退，緩緩站起身來。

為了換下接線套裝，她以緩慢的步調走向置物櫃。

雖然只要使用緊急著裝隨身裝置就能在一瞬間完成換裝，不過那終究是緊急用，而且也會帶給腦部明顯的負擔。老實說，平常不怎麼想使用它。

折紙來到置物櫃後，發現那裡已經有幾個人比她先到了。所有人都是剛才一起做模擬演習的隊員。

折紙微微舉起手打過招呼，便打開自己的置物櫃，拿出要換穿的衣物和包包。結果，隊員從旁邊湊過來瞧。

「奇怪？鳶一上士，妳的衣服好像比平常還要花心思耶！」

「啊，真的耶。包包也好可愛。」

折紙悠悠地點了點頭說：

「今天，等一下要去約會。」

折紙一說完，年輕的隊員們便「呀！」地尖叫，騷動了起來。

「嗚哇，真的假的？咦～～什麼嘛，我還以為只有上士不會交男友呢～～」

「分隊長！我提議檢查鳶一上士帶的東西！」

「唔，我許可！」

說完，隊員們聚集了過來。話雖如此，折紙和士道之間也沒有什麼非隱瞞不可的關係。於是折紙沒有拒絕，把包包拿給她們。

然而，過了幾秒。原本因期待而雙眼發亮的隊員們，各個臉上都露出了困惑之色。

「呃，呃……鳶一上士，這個小瓶子是……」

「要加在他食物裡的東西。一滴就能讓精力提升一百倍。」

「那這個莫名散發出刺激臭味的液體是……」

「在緊急時刻，倒在布上然後遮住他口鼻的東西。」

「這……這副手銬和膠帶是……」

「搞不好會派上用場。」

「……呃，我確認一下，妳等一下是要去——」

「約會。」

「…………」

隊員們一語不發。

折紙完全不懂她們是什麼意思，歪了歪頭之後繼續換衣服。

DATE A LIVE ENCORE

Game centerTOHKA, ImpossibleORIGAMI, FireworksYOSHINO,
BirthdayKOTORI, Star FestivalKURUMI

CONTENTS

約會大作戰

安可短篇集

橘 公司
Koushi Tachibana

Kadokawa Fantastic Novels

彩頁／內文插畫　つなこ

精靈
THE SPIRIT
存在於鄰界，被指定為特殊災害的生命體。發生原因、存在理由皆為不明。
現身在這個世界時，會引發空間震，給周圍帶來莫大的災害。
再者，其戰鬥能力相當強大。
處置方法1
WAYS OF COPING 1
以武力殲滅精靈。
但是如同上文所述，精靈擁有極高的戰鬥能力，所以這個方法相當難以實現。
處置方法2
WAYS OF COPING 2
——與精靈約會，使她迷戀上自己。
安可短篇集
DATE A LIVE ENCORE
SpiritNo.10
Height 155 Three size B84/W58/H83

遊樂場十香

Game center TOHKA

DATE A LIVE ENCORE

「鳶一折紙這個～～……大呆瓜————！」

——砰！

吼叫的同時，拳頭以迅雷不及掩耳的速度吸進拳靶中。

下一瞬間，拳靶連同支柱整個被擊飛，貫穿前方的液晶螢幕，刺進牆壁裡。

慢了一拍，被扯斷的電線啪嘰啪嘰地射出火花，毀壞的螢幕冒出裊裊煙霧。

「噫噫……！」

突如其來的緊急事態令在後頭目睹過程的五河士道雙眼瞪得老大，眼球似乎就要掉出來了。

位於天宮大道某遊樂場的一角。

裝設拳擊手套和拳靶的機箱——也就是拳擊機的前面。

「……嗯，心情暢快多了。」

夜刀神十香呼了口氣並如此說道，接著脫掉穿透過去（！）的手套，丟在現場。

纖瘦的身軀、朦朧烏黑的頭髮，以及水晶眼瞳。

要是生對時代，美貌或許能傾國傾城的少女。

在那樣的少女面前，損壞的拳擊機不停播放著喇叭吹奏曲。這只能說是一幅異樣的光景。

周遭的客人們也各個看傻了眼。

「是……是嗎……那真是再好不過了。」

士道流著汗水這麼說的同時，後方響起啪噠啪噠的腳步聲。

「喂……客人！妳這是在做什麼啊，傷腦筋耶！」

貌似遊樂場工作人員的男子一臉驚慌地跑了過來。

「呣？」

「啊……慘了！」

不過——

「……咦？」

工作人員在到達士道兩人身旁的前一刻停下了腳步。

理由很單純。因為有一個身高看似超過兩公尺的黑衣大漢，像是要妨礙他前進一般出現在他面前。

「你……你是什麼人啊……」

「失禮了。我們到那邊談一談吧。」

「咦？等一下……什麼？不……不要，住手啊啊啊啊啊！」

工作人員僅留下這樣的哀號聲便被大漢給拖走了。

「剛才的情況是怎樣？」

「……不……不知道耶。」

士道雖然如此回應十香……不過，其實猜得出剛才的男人是誰。

果不其然——裝置在右耳的耳麥裡傳出少女的聲音。

『——我們會排除妨礙者，你就放心繼續約會吧。要好好讓十香發洩她的壓力。』

「……知道了啦。」

士道小心地回答避免十香聽到。

多麼奇妙的放學後約會情景啊。

起因發生在稍早之前。

◇

「殿町，你手機上掛的是什麼東西啊？」

放學前的班會也已經結束，大家開始三三兩兩踏上歸途的時候，士道整理好書包，發出疑惑的聲音詢問同班同學殿町弘人。

「嗯？你說這個嗎？」

殿町一邊搔著用髮臘豎起的頭髮，一邊搖晃手裡拿著的手機。

綁在手機一角的海狗吊飾隨之搖晃。

「很可愛吧。是七彩海狗膃肭勒。」

「是喔……小心不要犯了猥褻物陳列罪啊。」

「這可是健全至極的角色造型好嗎！為什麼我拿就會被當成猥褻物品啊！」

「喔……抱歉，不自覺就……」

士道一面苦笑一面道歉。「受不了。」殿町聳了聳肩回答：

「我有多出來的，你要一隻嗎？這個系列現在好像很紅喔，掛上的話女生會很吃這套喔！」

殿町這麼說完，便從制服的口袋裡拿出以襯紙和塑膠袋簡單包裝的吊飾。

「啊？你買了兩個啊？」

「不是啦，這是遊樂場的獎品啦。上次我一口氣中了兩個。」

「是喔，滿厲害的嘛。」

士道看向殿町拿出來的那個東西。

……眼睛莫名真實，老實說不怎麼可愛。

「……不過還是算了。總覺得挺噁心的。」

「會嗎？我覺得很可愛耶。」

「啊，這隻可愛多了吧。」

士道指著印在吊飾襯紙上的系列商品貓熊吉祥物。

「啊～～你說夢想貓熊『胖達洛』啊。他是膃肭勒的朋友，好像很擅長踩大球。」

「那我是不知道啦。不過如果是這隻，我應該會想要。」

「很可惜，我沒有那隻。我挑戰過幾次，不過他擺的位置超難抓，店員也不怎麼想幫我。」

「是喔。」

士道如此回應，就在這個時候！

「──妳說什麼！」

後方突然傳來這樣的吼叫聲，士道抖了一下肩膀。

「怎……怎麼回事……？」

他戰戰兢兢地回頭一看，發現是兩個女學生正在吵架。

「不……不可能會這樣……！妳這混蛋，要是隨便亂說，我可不會輕易饒過妳！」

「我只是說出事實而已。」

「吵死了！誰會相信呀！」

「吵的人是妳，安靜一點。」

「妳說什麼！」

「怎樣？」

雙方互不相讓。

一方是十香，然後另一方則是猶如人偶般表情一成不變、有條有理地淡然應對的少女——鳶一折紙。

成績優秀，運動也萬能，是士道班上引以為傲的完美超人。

「突然這樣……是怎麼了啊……」

士道把頭轉回來一看，已經不見殿町的人影。

「那……那個傢伙……」

似乎是嗅到有麻煩事而逃跑了。

士道唉聲嘆了一口氣。

雖然不知道她們吵架的原因，但也不能放著兩人不管。士道戰戰兢兢地開口說：

「喂、喂……」

「幹嘛啦！」

「什麼事？」

士道一開口對她們說話，十香和折紙便在同一個時間點將視線轉向他。

雖然一瞬間感到畏縮，士道還是鼓起勇氣繼續把話說下去：

「冷……冷靜一點啦，發生什麼事了啊？」

士道一問，十香和折紙便再次視線相交。

……總覺得光是這樣，兩人的魄力似乎就會令空氣微微震動。

「——我不過是說出極為理所當然的話，是夜刀神十香缺乏理解力罷了。」

「妳說什麼！說到底還不是因為妳這傢伙——」

「就說了，冷靜一點啦，好嗎？」

「……哼！」

士道介入兩人之間如此說完，十香便將臉撇向一邊，一屁股坐到自己的位子上。

「…………」

而說到折紙，她則是一語不發地走出了教室。

「唉……到底是怎樣啊？」

——此時士道動了動眉毛。

手機在口袋裡震動。

「……嗯？」

螢幕上顯示的名字是「五河琴里」，士道的妹妹。

士道移動到教室的角落之後，按下通話鍵。

「──喂？怎麼了，琴里？」

『還敢問怎麼了，你這個禿子！』

「………」

一按下通話鍵就先討了一頓罵。

士道微微抽動了一下臉頰。

……琴里怎麼又突然變成「司令官模式」啊？

『──現在，十香的心情數據表一口氣掉到跌停狀態了。』

「啥……？」

士道皺起眉頭如此回答，於是琴里嘆了一大口氣後繼續說道：

『我不是說過要你小心嗎──雖然大部分的力量都被封印住，不過她可是精靈，甚至被人稱為光是「存在」就足以毀滅世界的災難喲。要是精神狀態明顯變得不穩定，被封印住的力量有可能會逆流。』

「…………！」

聽了琴里說的話，士道嚥了一口口水。

沒錯。

正如琴里所說，十香並非人類。

而是發生原因、存在理由全都不明，人稱「精靈」的存在。

目前是以某種方法封印住她的大半力量，並處於琴里所屬的機構〈拉塔托斯克〉的監視之下，不過——對曾經親眼目睹那股壓倒性力量的士道而言，是非常恐怖的事態。

『所以，我想知道她為什麼精神狀態會突然變得不穩定——士道，你到底對她做了什麼變態行為？』

「不要以我做了什麼事為前提進行話題好嗎！」

『那你說是發生了什麼事？』

「喔……她跟鳶一大吵了一架。」

『你說鳶一，是AST的鳶一折紙？』

「對。」

AST，對抗精靈部隊（Anti Spirit Team）。

與琴里他們的〈拉塔托斯克〉不同，是以武力排除精靈為目的的精靈專門特殊部隊。

鳶一折紙既是高中生，也是那個實戰要員當中屈指可數的才媛。

現在由於十香的力量被封印住，所以不會公開地攻擊過來——即使如此，她們的感情還是非常差。

『嘖，真愛給人找麻煩——算了，事情都已經發生了，也沒辦法。士道，馬上去平復十香的情緒。』

「情緒……啊。」

士道說著看向十香。

……她的周圍飄散著負面靈氣。要是在她旁邊放置觀葉植物，似乎瞬間就會枯萎。

「妳叫我拿那個怎麼辦啊……」

『你這隻不想滾糞的滾糞蟲在說什麼鬼話啊。很簡單不是嗎？找她去約會啊。我想想……為了發洩壓力，去遊樂場如何——放心吧，我們會支援你。』

「什——」

『那麼，我會先準備好，你要趕快行動喔。』

琴里搶在士道回答之前擅自定案，然後掛掉電話。

「…………」

雖然有很多事想說……不過唯獨這件事無可奈何。

士道收起手機，做了一個大大的深呼吸後，朝十香走去。

「那……那個啊，十香。」

「……幹嘛？」

十香一副不高興的樣子回答。

雖然一瞬間感到退縮……不過，士道依舊留在原地繼續說：

「……沒有啦，那個……如果妳不介意，等會兒要不要去玩一下？」

「唔？」

士道如此說完的瞬間，感覺原本盤踞在十香周圍的動盪氣息瞬間淡了不少。

「玩……也就是說，士道你想跟我去約會囉？」

十香像是在試探士道的反應，眼睛稍微向上瞟，同時如此問道。

……呃，確實是這樣沒錯啦。不過再次被提起，那個……還真令人害羞。士道一邊搔了搔臉頰一邊微微首肯。

「嗯……是這樣沒錯啦。」

士道這麼說完，十香便一臉容光煥發地從椅子上站起來。

「哦哦……！去，我要去！」

「喔……喔，這樣啊。」

「所以，我們要去哪裡呢？」

「嗯……去電子遊樂場如何？」

「電子遊樂場？」

十香一臉疑惑，歪了歪頭。

「呃……簡單來說，就是有很多所謂『遊戲』這種好玩東西的地方。」

「喔，很好玩嗎？」

「是啊，也有像是拳擊機和打地鼠這種遊戲，玩了會很痛快、很舒服喔。」

「不只好玩，還很舒服嗎！還有什麼其他遊戲？」

「我想想，格鬥類遊戲要是不常玩應該會覺得很難……啊，像音樂類遊戲這種的，要是調降難易度，妳應該可以玩喔。」

「音樂類遊戲？」

「是啊。像是配合音樂，用腳去踩畫有箭頭的控制板，或是用棒子敲打太鼓型的控制器。玩得順手的話，還滿爽快的喔。」

「這樣啊！」

「其他還有那個，操作機器抓零食的遊戲喔。」

「什……！還能拿到零食嗎……！那不是超強嗎！」

「是啊，超強喔。」

「都能住下來了耶！」

面對眼睛閃閃發光的十香，士道回以苦笑。

「那就有點困難了啊……畢竟未滿十八歲的人晚上十點以後就不能進去了。」

「唔，是這樣嗎？」

「是啊，根據風俗營業法之類的。啊，妳要記住這件事喔。因為琴里幫妳準備的戶籍年齡是十六歲，不只遊樂場，半夜最好不要太常外出。」

「嗯……我會記住。」

十香說完環抱雙臂沉吟。可能一口氣給她太多資訊了。

也許是在意十香誇張的反應，留在教室的女生團體朝兩人靠了過來。

「欸～欸～你們在聊什麼？」

「咦？喔，呃……」

被人這麼問了，士道有些尷尬地搔了搔臉頰。

就在他支支吾吾時，十香代替他開口：

「我跟妳們說喲，等一下士道要帶我去個好地方！」

聽到這句話的女生們嗤嗤賊笑著看向士道。

「怎麼怎麼，是在曬恩愛嗎～～」

「啊～～好火熱、好火熱。」

「五河同學也真有一套～」

「不……那個……」

……該怎麼說呢，真傷腦筋。士道臉頰泛起紅潮，同時撇開視線。

「欸、欸，十香，妳說好地方，到底是要去哪裡呀？」

其中一名女生詢問十香。

十香發出「唔？」的一聲，瞪大雙眼，表現出像是在搜尋記憶的舉動之後，開啟雙唇：

「嗯……說是要去哪裡呢？我記得是很好玩……啊啊，對了！我們要去未滿十八歲不能進去的地方。」

「咦……？」

聽見十香的話，女生們僵在原地。

「……！十香，不是吧，那是晚上十點以後的事——」

「唔？是這樣嗎？」

即使士道連忙糾正，女生們也似乎沒聽進去。

大家妳看我我看妳，開始竊竊私語。

「說到未滿十八歲禁止進入的地方……」

「果然是可以休息的賓館……？」

「不，搞不好是晚上開的那種店……」

「妳……妳們誤會了啦！」

士道高聲喊冤叫屈。

十香可能是看到士道的反應，認為自己說了什麼奇怪的話吧，於是她像是要幫士道說話一般補充說明：

「雖然我不知道大家心裡在想什麼……不過妳們弄錯囉，士道只是想讓我覺得舒服而已。」

「什……！」

「對了，他說過用腳踩、用棒子敲打的話，會很舒服喔！」

「…………」

女學生們拉過十香的手，像是要讓她遠離士道一樣，將她藏在身後。

「幹……幹嘛？怎麼了？」

十香一臉困惑地看了女生們一輪後，女生們便皺著眉頭，視線朝下，搖了搖頭。

「沒關係的，十香，全部的事我們都了解了。」

「還好事先發現……要不然純真、懵懂無知的十香差一點就成了變態的犧牲品。」

「……你這隻臭豬公！不知羞恥！」

當然，最後這番話是對士道說的。

「不，就說不是了啦，我——」

士道一開口想要辯解，女生們便像要保護十香般張開雙手。

……已經完全被當成女性公敵了。

「妳們搞錯囉，士道不是壞人！」

十香看起來有些驚慌失措，大聲說道。

「十香是個好孩子呢……正因如此，看準這一點的五河同學真是罪孽深重。」

不過，女生不打算聽她說話。

十香似乎想試著幫士道洗刷嫌疑，只見她低吟一聲，「啪」地敲了手。

「！對了，士道他呀，說過如果我跟他去那裡，他就會給我零食！怎麼樣？他人很好吧？」

「…………」

女生們沉默了一陣子後，狠狠瞪向士道。

「……不是啦，那個……」

就算不說出口也知道，她們的腦海裡一定是士道對純真的十香說「嘿、嘿嘿！小姐，跟我一起走的話，我就給妳好吃的零食喔？」的畫面吧。

就在此時，士道的手機響起——是琴里打來的。

「……啊，我接一下電話。」

士道知會女生們一聲，接起電話。

「……喂？」

『你在做什麼啊？慢郎中。快點開始約會。』

「喔喔……遇到了一點意想不到的阻礙……」

『我不想聽你找藉口。限你三分鐘以內離開學校。』

「啊，等一——」

喀！嘟——嘟——嘟——

沒有商量的餘地，電話就掛掉了。

「…………」

畢竟是司令官模式的琴里，要是三分鐘以內沒有離開學校，勢必會有嚴苛的處罰在等待著自己吧。

「……十香！走囉！」

士道收起手機大喊。

「喔喔！」

原本一臉困擾的十香露出開朗的表情，鑽過女生們中間，回到士道身邊——當然，中途還走向自己的桌子拿書包。

士道確認了十香的動作便一溜煙逃出教室。十香也跟著追上去。
「啊……！十香！」
「不可以被騙！快回來！」
「來人啊！十香她！十香要被玷汙了——！」
她們似乎在後面說了什麼危險的話，但士道試著不去在意，移動自己的雙腳。

然後——時間來到現在。
士道和十香一面受到周圍客人們的注目，一面以悠閒的步調走在遊樂場裡頭。
受到注目的理由非常明顯。
沒錯，因為十香把拳擊機、打地鼠、腕力機等以體能為訴求的遊戲一個不留地全破了。
當然，這種情況下所說的「破」，是指字面上的破壞，會集眾人視線於一身也是無可厚非。
「嗯，遊戲這種東西，還真是好玩吶！」
「是……是嗎……」
士道聽見笑得天真無邪的十香這麼說，無力地苦笑。
他對著耳麥小聲說了：

「……喂，琴里，這樣真的沒問題吧？」

『是呀。事後處理就交給〈拉塔托斯克〉負責沒關係。雖然受到大家注目不太好——不過，現在就以讓十香發洩壓力為最優先。』

「那就好……」

「士道？」

「……！什……什麼事？」

十香突然對他說話，讓他抖了一下肩膀。

十香一臉疑惑地看著這樣的士道後，又看了遊樂場一圈。

「接下來要玩什麼遊戲？」

「喔……喔喔，要玩什麼好呢……」

士道說完看向四周，然後……

『嗯，你等我一下。』

耳麥再次響起琴里的聲音。

「——好了，接下來要玩什麼呢？」

於飄浮在天宮大道上空一萬五千公尺處的空中艦艇〈佛拉克西納斯〉艦橋上。
五河琴里高傲地靠在椅背上，喀喀晃動著口中含著的加倍佳棒棒糖。
她是個將長髮繫成雙馬尾、肩上披著軍服外套，貌似國中生的少女。
分明是這座艦橋當中最年輕的一個，然而她所坐的那個位子──卻是這艘〈佛拉克西納斯〉的艦長席。
「──令音，十香的心情狀況如何？」
琴里一問，在艦橋下方操作控制檯的分析官村雨令音便一邊搓揉著眼睛周圍的黑眼圈，一邊開啟雙唇說：
「……嗯，已經可說是良好也沒問題了吧。雖然機台還是持續遭到破壞，不過威力漸漸穩定下來了。」
艦橋中央的螢幕現在正顯示出十香上半身的影像。
然後在她的周圍，有一排「心情」以及「好感度」等各種數值，甚至連對話視窗都有顯示。
簡直就像美少女遊戲的畫面。
「是嗎？那真是再好不過了。」
「……是啊。不過，我有一件事情很在意。」
「什麼事？」

害羞度　40
坦率度　45
十香
「接下來要玩什麼遊戲

「……雖然她的心情有變好，不過不安的數值卻非常高。她可能在擔心什麼事。」

「擔心的事情啊——士道，你有想到什麼嗎？」

琴里朝麥克風這麼說了，馬上就傳來士道的聲音。

『不，我不太清楚……』

「是嗎？真沒用。」

『…………』

「算了。總之再讓她玩一會兒，看看情況吧。」

琴里這麼說完的瞬間，畫面的中央顯示出新的視窗。

①兩人同心協力一起玩猜謎遊戲！

②玩檢測契合度遊戲，再次體認兩人之間的羈絆！

③拍大頭貼，留下回憶吧！

畫面上排列出這些選項。

〈佛拉克西納斯〉的人工智慧會診斷十香的精神狀態，提出符合狀況的行為模式。

「——原來如此。大家怎麼想？」

琴里如此說完不到五秒，她手中的小型顯示器便顯示出類似棒狀圖表的畫面。

在艦橋上的船員們迅速決定選項，傳送到琴里的終端機。

票數最多的是——③。

「嗯，看來大家的意見跟我一樣呢。」

「①就不用討論了，可能會因為猜不到答案而鬧脾氣。」

於琴里後方待命的副司令男子直挺挺地站著說道。

「……②雖然也不錯啦，不過萬一兩個人不夠契合，氣氛好像會很尷尬——關於這一點，③就很完美了。不用說可以得到只屬於兩人的紀念品，還附加在拍照的時候，可以待在用簾子區隔開來的密閉空間這個要素。」

這是令音的發言。

「嗯，也是——士道，拍大頭貼。一起去拍可愛的照片吧。」

『……了解。可是我……不太懂怎麼操作大頭貼機耶……』

「機台上至少會寫操作步驟吧。少囉嗦了，快點去。」

『……知道了啦。』

「——十香，要不要去那邊看看？」

「嗯，好啊。」

士道接受〈拉塔托斯克〉的指示，帶著十香前往大頭貼區。

「？士道，這是什麼呀？」

「呃……哎，簡單來說，就是可以拍有趣照片的機器。」

「什……！」

士道說明得太過簡單，十香紅著臉頰，瞪大雙眼。

「你……你說照片……？」

「嗯？十香，妳怎麼了？」

「……沒有啦，我實在不怎麼愛拍照片這種東西……」

「咦？是這樣嗎？」

士道如此反問，十香便滿臉通紅地點點頭。

「這樣啊。如果不愛，我們就去玩別的吧。」

「……唔。」

不過，十香像是陷入沉思般低吟了一會兒，有些猶豫地顫抖著雙唇說：

「……士道你想要我的照片嗎？」

「咦……？呃，那當然，哎……算是……想要吧。」

士道回答得不清不楚，於是十香像是要讓心情平靜下來一樣深呼吸，眼眸朝上望向士道說：

「……只有這次，特別答應你喲。」

「喔……好……」

士道被一股莫名異常的氣氛鎮住，同時點點頭後，十香便走進寫著「全身拍貼」字樣的龐大機器裡。

接著，士道也打算跟進去，然而——

「……！等……等一下，士道，你為什麼要進來？」

卻被十香阻止。

「咦？這不是要兩個人一起進來拍的嗎？」

「別……別說傻話了！給我在外面等一下！」

十香說完便唰的一聲拉上簾子。

「呃，呃……」

士道輕輕敲了敲耳麥，想詢問該如何應對。

『隨她去吧。等她心滿意足之後，再兩個人一起拍就好。』

「哎……也是吧。」

士道微微點點頭，便將背靠在十香走進去的機器上。

……然而，就這樣等了一會兒之後，還是沒有任何反應。

「……吶，琴里，拍大頭貼需要花這麼久的時間嗎？」

『看情況吧。最近的機種可以在拍完之後寫上文字、加上效果，如果想要完成精美的拍貼，要花上一定的時間呢。』

「是喔……好厲害的機器……不過，十香是在哪裡學會那種操作方式的啊？」

『誰知道。要說十香有拍過照片，我想頂多只有在受到〈拉塔托斯克〉保護時拍的資料用照片就是了……』

正當士道和琴里交談時，裝設在機器外部的照片取出口吐出了印好的大頭貼。

「嗯……？拍完了嗎？」

士道彎下腰拿起貼紙——

「噗……！」

滿臉通紅地倒抽一口氣。

『怎麼了啦，士道？』

「還……還說什麼怎麼了……！」

士道立刻將拿在手上的大頭貼藏進書包裡。

因為，那上面——照出來的是十香一絲不掛的身影。

「十香！妳到底在搞什麼——」

士道因意想不到的事態而頭腦一片混亂，同時唰地一把拉開簾子。

此時，士道痛恨自己的粗心。

因為那種照片才剛出爐，就代表——

「——！」

「什……！」

士道與膚色成分比平常增加了八成的十香四目相交，全身僵硬。

想必她正打算穿上衣服吧，只見她穿著內衣褲，身體稍微向前傾，將黑色及膝襪拉到膝蓋左右的位置。

其他什麼都沒穿。硬要說的話，還有一頭美麗的深色頭髮。

「琴……琴里……她在〈拉塔托斯克〉拍過的資料用照片——」

『哎，基本上是全裸喲——啊啊，放心吧，只有女性機構人員幫她拍。』

「不……不是那個問題——」

「還……還不拉上簾子嗎？笨蛋……！」

「嗚噗……！」

士道的臉狠狠吃上精靈的一擊。

◇

「…………」

於遊樂場的一角。

折紙默默操作著夾娃娃機的按鍵。

裡面的獎品不用說，當然就是士道說過想要的夢想貓熊的胖達洛手機吊飾。

顏色總共有三種。分別是普通的貓熊顏色、紅色，以及黑白顛倒的負色。

——沒錯，今天放學後，她恰巧聽見士道與朋友的對話。

終究只是恰巧，不是在士道後面豎起耳朵偷聽，因而跟夜刀神十香吵架。絕對不是。

「…………」

機器手臂掠過負色胖達洛的頭——還是沒抓到。

不過，折紙依然面不改色，又投入了一枚硬幣。

就在此時——

遊樂場裡面傳出「咚喀鏘——————！」的聲響。

「——怎……怎麼了、怎麼了？」

「啊，好像有一對玩壞拳擊機和腕力機之類的情侶在裡面晃來晃去喔。」
「真的假的？怎麼，男朋友是拳擊手之類的嗎？」
「不，好像是女朋友玩壞的。」
「啥，那是怎樣啊？」
「…………」
——還真是會給旁人添麻煩的情侶。折紙一邊默默繼續操作一邊心想。
如果是自己和五河士道，肯定不會做那種事。
絕對會十分平靜地在露天咖啡廳喝杯茶什麼的。
「…………」
接著就在此時，機器手臂一把抓住了負色胖達洛。
就這樣移動到取出口附近——卻在中途掉了下來。
可惜。不過掉在非常好抓的位置，下一次應該能確實抓到。
——她想再投入一枚硬幣，手指卻停住了。
手邊原本堆得高高的硬幣已消失無蹤。
「…………」
折紙無可奈何，跑向了兌幣機。

◇

「……抱歉。」

「不……我才不好意思。」

穿好衣服的十香滿懷歉意地對士道這麼說，而士道則是撫摸著腫脹的臉頰回應她。

「不過……總之妳記著，拍照的時候不需要脫衣服。」

「……嗯，我會記得。」

十香一副沮喪的模樣點點頭。

『啊哈哈！你的頭竟然沒被揍飛，還真是好運呢，士道。』

士道耳邊響起琴里樂天的聲音。

他「叩叩」地輕敲耳麥表示抗議，繼續往前走。

『——哎，這代表十香的心情回復到那種地步了喲。目標達成了呢。再來只要想辦法降低她的不安感數值就無可挑剔了。』

「……不安感啊……」

士道望向十香——歪了歪頭。

「——嗯？」

十香不知何時已經緊盯著右手邊的抓娃娃機。

「十香？怎麼啦？」

「士道，這個要怎麼拿呀？」

「嗯……那個要按下這個按鍵之後……」

士道簡單說明操作方法，並瞄了放在抓娃娃機裡的獎品一眼。

之前提到的胖達洛手機吊飾個別包裝好，鋪了一整面。

「——大概就是這種感覺。」

「唔嗯。」

十香說著從錢包裡拿出一百圓硬幣投進去。

然後照剛才士道教的方式操作按鍵，移動機器手臂。

然而——連碰都沒碰到獎品。

「唔，好難吶。」

「這種遊戲機要玩順手才有辦法……妳想要的話，我抓給妳吧？」

士道一這麼說，十香便搖搖頭。

「不要，那樣就沒意義了。讓我玩。」

「這樣啊——啊啊，那妳試著抓抓看那個如何？看起來最好抓。」

「唔？」

十香循著士道的手指前方看去。

那裡有一隻黑白相反的胖達洛，以絕妙的角度立著。如果能順利將機器手臂勾到塑膠包裝的洞裡，一定能抓到吧。

「哦哦！」

十香眼睛為之一亮，再度投入一百圓硬幣。

然後操作按鍵——機器手臂剛好勾住塑膠包裝的洞。

「喔喔，我抓到了耶，士道！」

「是啊，真厲害、真厲害。雖說位置好，但虧妳第二次就能抓到呢。」

「嗯，那麼這個——」

此時，十香止住了話語。

儘管機器手臂回到了取出口的上方，獎品卻沒有掉下來。

「這……這是怎麼回事呀？」

「啊……卡住了耶。不過，遇到這種情況只要跟店員說一聲——」

「哼！」

士道話說到一半就響起了「啪喀！」這樣的聲音。
不用想也知道這是什麼聲音。是十香猛力揮出拳頭，在抓娃娃機的塑膠板上開了一個洞。
「……十香。」
「嗯。」
十香一臉若無其事地把勾在機器手臂上的胖達洛拿下來，心滿意足似的點點頭。
「唔嗯，回家吧，士道。」
「好……好……說的也是。」

◇

「…………」
換完錢回到抓娃娃機前面的折紙，當場停住腳步。
理由很單純——到剛才為止折紙還在玩的機台上開了一個洞，原本鎖定的負色胖達洛也連帶被搶走了。
「是誰……？」
她發出了細小的聲音。

然而——

「來～～不好意思，讓一下～～」

隨著這樣的聲音，幾名作業人員才剛進入遊樂場，馬上就把被漂亮地破壞的抓娃娃機固定在搬運器具上，搬到了店外。

然後又立刻從外面將新的機器搬進來。

「好～～那麼我們告辭了～～」

作業人員把電線全部接好，重新放入獎品，檢測完機器運作。

——全程只花了十分鐘左右的時間。

之前被神祕情侶破壞的其他機器也已經以同樣的方式換成新機。

「…………」

雖然有許多莫名其妙的地方，不過現在有更應該在意的事。

折紙一語不發地站在抓娃娃機前面，看向無數的胖達洛。

和剛才不一樣，位置擺得十分好抓。

如果是這樣——

折紙的雙眼靜靜閃著光芒，將五百圓硬幣堆在按鍵旁邊。

◇

「……妳那麼想要那個嗎？」
從電子遊樂場回家的路上。
士道在染上夕色的街道試著詢問走在他身旁的十香。
「嗯……」
十香突然停下腳步。
「十香？」
士道也跟著停了下來，面向十香。
於是她微微低著頭，將手上的胖達洛遞給士道。
「咦……？」
「給你。這個送給你，所以——不對，說所以好像也怪怪的，該怎麼說呢……」
士道對十香含糊的說話方式感到不解。
「妳要說什麼？」
士道這麼問她，她便像下定決心似的緊咬嘴唇，繼續說道：
「……不要討厭我。」

「什……什麼？妳……妳說那什麼話啊？」

士道深深皺眉，然後「啊」的一聲，回想起之前發生的事。

「妳還在意剛才的事嗎？」

「嗯……也是有點在意啦……」

十香沉默了一會兒，接著說：

「……士道，你還記得我之前跟鳶一折紙吵架嗎？」

「啊……我記得啊。」

十香像個鬧彆扭的孩子，嘟起嘴繼續說道：

「……那個時候呀，那傢伙說了。」

「說什麼？」

士道一問，十香便向上望，像是在偷看士道的表情，同時結結巴巴地繼續說：

「……精靈，不可能跟人類共存，人類本來就不可能容許毀滅世界的精靈。所以——」

她像是下定決心般咬了咬嘴唇後，繼續說：

「士道也最討厭精靈這種生物了。」

「……喔。」

士道搔了搔臉頰。

呃，想必本人十分苦惱吧。雖然這麼說有點不妥……不過老實說，實在令人無力。
原來造成十香不安的原因，就是這種事啊。
……搞不好她說要拍不喜歡拍的照片，也是擔心會被士道討厭。
「……吶，士道，真的是那樣嗎？士道也對我——」
「沒那回事啦。」
「……真的嗎？」
十香一臉不安地看向士道。
「真的。」
「真的是真的嗎？」
「真的是真的。」
「真的是真的是真的嗎？」
「…………」
士道稍微思忖了一下，接著說：
「至少我不會想跟討厭的傢伙，那個……約會。」
「啊——」
士道說完，十香便瞪大雙眼。

「嗯……說的也是吶……」

十香微微羞紅了臉頰，嘴角輕輕綻放出笑容。

士道把負色胖達洛還給十香。

「所以，這個妳拿著吧。難得自己抓到，就當作今天的紀念——好嗎？」

「嗯……我會的。」

十香開心地咕噥著，收下負色胖達洛。

就在此時，耳邊傳來琴里的聲音。

『——七十五分。算及格吧。』

「……那還真是多謝了。」

◇

隔天。

等著士道來上學的，是一群雙手扠腰、兩腿大張，站姿散發出狠勁的女生。

「變態來了呢。」

「怎麼不去死一死。」

「給我發出像豬一樣的哀號聲吧！」

「什……什麼啊？」

雖然士道不明就裡，瞬間呆滯了一下，但看見露出困擾表情的十香也在其中，馬上就理解了狀況。

「大家，我就說了，士道什麼都沒做喔。」

十香面向周遭的女生們說道。

「沒關係，十香，我們馬上就讓這個變態性慾男無法在社會上立足。」

「妳一定很難受、很痛吧。可憐的十香，就由我們來幫妳報貞操之仇！」

「……事情就是這樣。為了掌握現況，妳盡可能把昨天發生的事鉅細靡遺地告訴我們。他對妳做了什麼？跟我們說，他對妳做了什麼？」

十香用力搖頭回應女生們說的話。

「不是的！雖然我不太懂妳們在說什麼，但妳們大概誤會了！昨天士道只是帶我去一個叫什麼遊樂場的地方而已！」

「咦……？」

聽到十香的回答，女生們全身僵硬。

然後眼神游移，像是在回想昨天的對話內容——

「……真的嗎？五河同學。」

「……是啊，是真的啦。」

「…………」

女生們應該總算理解了，只見她們面面相覷後——

「啊……啊哈哈哈哈，我就說嘛，五河同學怎麼可能做出那種過分的事嘛。」

「我……我打從一開始就想說會不會是誤會了呢。」

「總……總之，十香沒事真是太好了。」

她們說完，臉上同時露出乾笑。

「……反正誤會解開了就好。」

士道無奈地嘆了口氣，坐到自己的位子上，把第一節課要用的課本從書包裡拿出來。

——就在這個時候，有東西從書包裡飄落下來。

「啊，有東西掉出來囉，五河同學。」

「嗯，啊啊，謝——」

此時，士道表情僵硬。

因為從書包裡掉出來的東西是——

「——什……！」

撿起東西的女學生倒抽了一口氣。

哎，這也不能怪她。突然看到十香的全裸照片，肯定任誰都會做出那種反應。

「哪裡誤會啦！在遊樂場強……強迫裸露，不是更變態嗎！」

「不……不是的，這是——」

「別狡辯了——！」

「唔……唔哇……！」

士道閃開朝臉飛來的拳頭，就這麼連滾帶爬地逃出教室。

「啊，士道！你要去哪裡！」

十香從後方叫喚他，但他沒有餘力回頭看。

要是停下腳步，肯定會有殘酷不留情的凌遲在等著他。

「嗚哇啊啊啊！做了蠢事啊啊啊！為什麼放著沒拿出來啊！我這個呆瓜——！」

士道一邊吶喊一邊在走廊上狂奔。

然後——

「唔喔！」

士道跑到一半，在T字路口被人一把抓住了後領口，令他差點跌倒。

「咳咳……！怎……怎麼回事？」

剎那間還以為被女生們逮到——然而並不是。抓住他領子的是鳶一折紙。

「鳶……鳶一？」

「這個。」

「咦？這是……」

折紙放開士道的領子後，從書包裡拿出一樣東西交給士道。

那是夢想貓熊的胖達洛（紅色）手機吊飾。

「送你。」

「咦……不，不好啦。」

「送你。」

「……呃……」

「送你。」

「……………謝謝。」

士道有些被折紙的氣勢壓過，便收下了胖達洛。

接著，折紙從書包裡拿出掛著胖達洛（正常色）的手機。

「一樣。」

「呃……是……是啊，沒錯……」

「…………」

士道點點頭後，折紙收起手機，朝教室走去。

「到……到底是怎樣啊……？」

就在士道一臉茫然癱坐在走廊上時，這次換十香慌忙跑了過來。應該是追著士道而來的吧。

「士道！你沒事嗎？」

「喔……嗯……」

「已經可以回去了，誤會我都解開——嗯？」

話說到一半，十香朝士道的手上看去。

當然他手上有剛才折紙送的胖達洛。

「喔喔！」

十香摸了摸口袋，拿出胖達洛（負色）。

「我們一樣耶，士道！」

「是……是啊……」

士道搔著臉頰回答。

士道、十香，還有折紙——

竟然就這樣莫名擁有了一樣的東西。

搞不定折紙

ImpossibleORIGAMI

DATE A LIVE ENCORE

「其實，我有戀童癖。」

假日的白天，在街上的正中央。

五河士道靜靜地說出這句話。

「我每天都會去附近的小學觀察小學女生上體育課。她們那純潔無瑕、平坦尚未發育的身體，讓我的〈鏖殺公〉(Sandalphon)快要失控。小學生最棒了啦！」

「是嗎？」

對於士道一生一次的大爆料，與他面對面的少女——鳶一折紙卻沒有露出厭惡的表情，只是微微地點點頭。

及肩的頭髮；纖細的輪廓。如洋娃娃般端正的臉龐上也像洋娃娃一樣面無表情。

她突然看向下方，撫摸自己沒什麼料的胸口，然後再次面向士道說：

「可以。」

「可以什麼啊！」

士道不禁大叫出聲……但是，不能驚慌。他咳了一聲清了清喉嚨，接著說道：

「其實不只這樣而已，我還有嚴重的戀母情結。每天早上都會親完媽咪的照片之後，再去上學喔。」

「是嗎？」

「……其……其實我也戀妹，常常跟我妹妹琴里一起睡覺。」

「是嗎？」

「唔……！再……再加上我很愛偷吃！現在也腳踏十條船左右喔！」

「…………」

士道半自暴自棄地大吼之後，折紙第一次抽動了一下眉毛。

有反應……！才這麼想的瞬間，折紙開啟雙唇說：

「只要全部徹底消滅就沒問題。」

「妳要幹什麼！吶，妳要幹什麼！」

士道揚起近乎驚叫的吶喊，抱著頭。

然後，從他右耳戴著的耳麥傳來錯愕般的聲音：

『……嗚哇啊，這個肚量是怎樣，世紀末霸主？』

是士道的妹妹琴里。明明只聽見她的聲音，卻大概猜想得到她露出了苦瓜臉。

「她這樣子……教……教我要怎麼辦啊……」

『不要發牢騷了。出下一招、下一招。』

她說完又下達追加指令。

這是一幅十分奇妙的約會情景。

起因源自於昨天。

◇

某天午休。

夜刀神十香在來禪高中的教室裡，一臉開心地撫摸垂掛在脖子上的手機。

「呵呵，怎麼樣呀，士道。這是琴里給我的！好像是離很遠也能互相說話的東西喔！」

隨風飄逸的黑色長髮；美得不像話的臉龐上堆滿笑容，十香高高舉起手上的手機。

「喔……喔，這樣啊。太好了呢。」

士道苦笑著點頭。

……十香手上拿著的，怎麼看都是以老年人為客群的簡易機種……算了，反正本人開心就好，沒必要故意潑她冷水。

話雖如此，士道聽妹妹琴里說過那隻手機的種種。

雖然外觀長那樣，不過引以為傲的是強度竟能負荷一噸的重量。
還有，就算遇到災害時基地台毀壞，似乎也能透過衛星通訊。
……老實說，這裝備讓一個高中女生來拿也未免太誇張了。
不過——這也是無可奈何的事。
其實十香不是人類，而是人稱「精靈」的存在。
甚至被稱為毀滅世界的災難、施展超常力量的怪物。
雖然現在用某種方法封印住力量——不過只要精神狀態出現明顯的不穩定，封印住的力量就會逆流，所以身為祕密組織〈拉塔托斯克機構〉的司令官琴里經常繃緊神經。
因此才必須事先確保緊急事件發生時的通訊手段吧。
「好，士道！我要來打打看囉！」
然而，當事人卻露出與那種危險稱呼完全不搭調的笑容，轉過身去。
「現在我要離遠一點打電話，士道你要接喔！」
「喔……原來如此。我知道了。」
士道苦笑著點頭。他第一次拿到手機時，感覺也跟十香一樣超想打電話的。
「好，那我出發了！」
十香說完打開教室的門，衝到走廊上。

「要在午休結束前回來喔～～」

「————我知道了————！」

走廊的另一頭傳來細小的聲音。

——就在這個時候——

「——士道。」

「唔喔！」

有人從背後呼喚士道，讓他抖了一下肩膀。

往後方看去，同班同學鳶一折紙無聲無息地出現在那裡。

……簡直像是算好了十香離開的時間點。

「有……有什麼事嗎？折紙……」

「你明天有要做什麼嗎？」

「咦？」

突然被問到這種事，士道發出錯愕的聲音……同時，有某種不好的預感竄過背脊。

「為……為什麼突然……」

「我想和你一起去逛街。」

「這……也就是說……」

「約會。」

「…………」

士道聽見預料中的單字，因而滴下汗水。

「……折紙，我確認一下，我們是——」

「情侶。」

「……我想也是。」

士道用乾渴的聲音回應毫不羞赧、淡淡說出這句話的折紙。

果然之前告白的餘威還在。

折紙一點也不在意士道表現出的態度，以冷靜的語調繼續說道：

「怎麼樣？」

「抱……抱歉，我明天——」

不過，士道話說到一半屏住了呼吸。

好驚人的壓力。如果是個性懦弱的人，光是一個視線就有可能嚇得暈過去。這魄力就是如此強大。

「呃，那個……啊，我確定一下明天有沒有事，妳可以等我一下嗎……？」

折紙輕輕點頭。

士道貌似慌張地小跑步來到走廊，從手機的來電紀錄當中選擇「五河琴里」這個名字。雖然正在等十香的電話……不過要是十香打來，應該可以接她的插撥，想必沒問題吧。

撥打電話的聲音響了幾秒之後，話筒傳來溫吞的聲音：

『喂～～哥哥？』

「……琴里，拜託妳，幫我想想辦法。」

『咦？發生什麼事了？』

「折紙約我跟她約會。」

『…………』

士道說完，琴里沉默了好一陣子。

接下來，從話筒傳來布料摩擦的聲音。沒錯——像是在替換綁頭髮的緞帶一樣。

『——受不了，你還在跟她拖拖拉拉糾纏不清啊？』

下一瞬間聽見的，是完全不像剛才那一個人的高傲語氣。

——琴里的「司令官模式」。

「……說……說到底，還不是因為你們『訓練』的關係啊……！」

沒錯。十香出現的時候，琴里他們聲稱要做「習慣女性的訓練」便命令士道，強迫他對折紙做出愛的告白。

而且在誤會解開之前就發生許多事情——一直拖到現在。

『真麻煩耶。不要理她不就好了。』

「怎……怎麼做得出那種事啊……本來就是我們不對耶，怎麼可以這樣繼續玩弄那傢伙的心意啊！」

『你真老實耶——那麼，你就明白告訴她那個告白是誤會如何？』

「……要怎麼說？」

『嗯？吐她口水，然後說「我才沒在跟妳這種人交往咧！少會錯意了，妳這個神經病」就好了吧？』

「這次會被蓄意射殺啦！」

士道忍不住大叫出聲。沒在開玩笑，要是說出那種話一定會被殺。

『你要求真多耶——那麼，我看就讓對方討厭你如何？』

「咦？」

『我是說，反過來接受那個約會——我來調整〈佛拉克西納斯〉的ＡＩ設定，幫你準備那種讓約會變超級差勁的選項，讓她生氣回家的那種。如果對方討厭你就沒任何問題了吧？』

所謂的〈佛拉克西納斯〉，是指琴里他們〈拉塔托斯克〉所持有的空中艦艇。

通常在精靈出現的時候，這艘艦艇的人工智慧會提示選項，然後跟著它的提示來提高精靈的好感度。

「原……原來如此……」

確實很合理。搞不好會被賞一巴掌，不過那點小事也不得不忍受吧。

「……我知道了。能拜託妳支援嗎？」

『可以啊。考慮到以後的事，一直被鳶一折紙糾纏也是個問題——只是這麼一來，有一件事情還沒解決。』

「還沒解決？」

『十香呀。明天星期六放假對吧？要是放著十香不管，她肯定會跑來我們家玩。到時候如果士道不在，她的心情測量表數字會下降吧。』

「就算我不在也……」

士道一這麼說，琴里便傻眼般「呼～」地嘆了一口氣回應他。

『沒有啊——總之，要堅決進行作戰，就必須分配別的事情給十香做。』

「幹……幹嘛啦？」

「別的事情……啊。」

『對，看是要叫她去買東西還是什麼的都沒關係……拜託她一兩件難懂的事，讓她多花一點時間。總之，讓她白天不跟士道在一起也不會覺得奇怪就好。』

「唔……」

『——哎，總之先答應鳶一折紙的約會。』

「嗯……我知道了。」

士道掛掉電話後，戰戰兢兢地回到教室。

折紙在教室裡維持跟剛才一模一樣的姿勢，直挺挺地站著。

「怎麼樣？」

「喔……喔……沒問題。」

「…………」

折紙默默無語，面無表情地做出握拳的勝利姿勢。

「折……折紙……？」

「明天上午十點，我在西天宮公園的裝置藝術作品前面等你。」

折紙只留下這句話便離開了。

不知為何，是踩著輕快的腳步離開。

「…………」

就在士道的臉頰流下汗水時，教室外響起驚人的腳步聲。

教室的門立刻被打開，看似奔跑過來的十香露出臉來。

「士道！這……這東西要怎麼操作！」

看來她似乎不知道要怎麼打電話，一臉困擾地詢問士道。

不過，此時十香似乎發現士道的表情看來比自己更加困擾，一頭霧水地歪著頭。

「士道？你怎麼了？」

「！不……我沒事……」

士道刻意清了清喉嚨，在椅子上坐下。

「……對了，十香。」

「唔？什麼事？」

「很抱歉這麼突然……不過明天，可以拜託妳跑腿嗎？」

士道說完，十香的眼睛閃閃發光。

「喔喔！好啊，我要做什麼呢？」

她看似非常開心能幫上士道的忙，將身體探向士道的桌子。

總覺得良心一陣刺痛，士道一臉尷尬地移開視線。

◇

隔天，士道拜託十香幫忙跑腿之後，在右耳戴上耳麥，出發前往和折紙約好的地點。

順帶一提，士道現在身上穿的是鬆垮垮的T恤、磨破的牛仔褲，腳上則穿著廁所的拖鞋，完全感受不到一丁點的幹勁。

老實說，士道也覺得有點丟臉……不過，女生討厭不愛乾淨又邋遢的男生。一開始用這個方法來令折紙倒胃口，可說是上上策。

『士道，可以再走慢一點沒關係。』

戴在右耳上的耳麥響起琴里的聲音。

琴里現在應該正待在飄浮於天宮市上空的空中艦艇〈佛拉克西納斯〉的艦橋上。

順帶一提，現在的時刻是十點五十分。已經超過約定時間五十分鐘了。

『最少要遲到一個小時。還有，不管她說什麼，你都絕對不能道歉。』

「喔……」

做得還真徹底。不過也沒錯，要是這樣大遲到，她肯定會生氣吧。因人而異，也有可能早就回家了。

能走多慢就走多慢。大約十一點左右，士道才終於抵達相約的地點。

然後，折紙直挺挺站在那裡的身影映入眼簾。

「唔……」

附近明明有長椅可坐，但折紙應該就這麼一直站著等士道，士道立刻對她感到愧疚。

可是，不能有那種反應。因為士道今天必須扮演讓折紙厭惡的那種大爛人。

『來，做好心理準備了嗎？』

「做……做好了。」

『很好——開始作戰囉。首先是任務1，第一次接觸。』

琴里彈了一個響指。

士道輕輕拍了拍臉頰後，繼續以緩慢的步調走向折紙。

此時，折紙似乎也發現了士道，將臉轉向他。

然後……

「——太好了。」

一看到士道的臉，她便如此說道。

「咦……？」

「我還以為你發生了什麼意外。」

「…………唔！」

明明錯的是遲到的士道，她不但沒有抱怨，似乎還擔心士道的安危。

『你在幹什麼啊，士道？要是因為這種事就感到愧疚，不就玩完了嗎？』

「也……也是……妳說的對。」

士道說完輕輕點頭，折紙便撩起裙襬。

「你覺得怎麼樣？」

「咦？」

「今天的服裝。」

聽她這麼一問，士道重新打量折紙全身。

感覺觸感很舒服的襯衫搭配喇叭裙的裝扮，脖子上有一條小項鍊閃閃發光。她的服裝與士道沒幹勁的打扮呈現對比。

「喔……喔，很適合——」

『喂，你怎麼很自然地就要稱讚她啊？』

「……！」

受到琴里指責，士道止住話語。

他清了清喉嚨，微微搖了搖頭說：

「不對……完……完全不適合妳耶……！」

「…………」

折紙一語不發地低頭看向自己的裝扮。明明表情沒有任何改變，看起來卻有一些落寞。

折紙再次面向士道。

「你覺得穿什麼樣的衣服才好？」

「咦……？這……這個嘛……」

士道正想回答的瞬間，琴里從右耳插嘴說道：

『——等一下，機會立刻上門了。給她一記重擊吧！』

琴里說完，用鼻子「哼哼」冷笑了兩聲。

〈佛拉克西納斯〉艦橋的主螢幕上，現在正播放著折紙的身影。

影像旁邊顯示出各種數值，下方則出現文字視窗，簡直就像美少女遊戲的畫面。

然後——螢幕上出現了三個選項。

①超小件比基尼加上女僕圍裙。

②上半身水手服，下半身三角運動褲。

③學校泳衣加狗耳&尾巴。

「嗚哇，果然都是些很那個的選項耶。」

琴里嘴裡含著加倍佳棒棒糖，肩上披著深紅色軍服坐在艦長席上，眉頭深鎖看向主螢幕。

「——全體人員，開始選擇！就選男人回答了會讓人覺得最噁心的那一個！」

琴里說完後，手上的小型顯示器立刻顯示出統計結果。

雖然競爭激烈……不過最多人選的是③。

「唔嗯，③最占優勢啊。」

琴里傳達了選項之後，畫面中的士道微微抖了一下肩膀。

琴里提出的選項，實在有可能讓對方懷疑士道的品味。

……然而，不得不回答。士道嚥下一口口水後，開啟顫抖的雙唇說：

「……學……學校泳衣加狗耳和尾巴吧。」

士道說完的同時咬緊牙根、緊閉雙眼、繃緊全身。

……當然，這是為了能隨時承受飛來的巴掌或拳頭。

然而，事實卻與士道預料的相反。不管經過多久，都沒有感受到被毆打的痛楚。

他緩緩張開眼睛……折紙的身影已經消失了。

看來似乎是生氣回家了。

『——哎呀，意外地簡單嘛。恭喜你呀，士道，達成任務囉。』

「是……是啊。謝謝。」

士道帶著十分複雜的心情搔了搔臉頰。

哎——不過，這樣就好。折紙與其在意士道這種人——

就在這個時候，士道被迫停止思考。

因為折紙從遠方跑了過來。

——究竟是從哪裡找來的呢？折紙穿著學校泳衣，戴著狗耳和尾巴。

「「什……！」」

士道和琴里異口同聲說道。

然而，折紙跑到士道面前後，一副若無其事的模樣歪了歪頭問：

「怎麼樣？」

說完在原地轉了一圈。

深藍色布料包覆著她白皙纖瘦的身體，可愛的耳朵和尾巴隨之晃動……多麼傷風敗俗的可愛感啊。

不過，有另一件事更令人在意。

「妳到底是從哪裡弄到這種服裝……」

「附近有賣這類型的服裝。」

折紙指向市街的方向……總覺得不小心得知了不想知道的市街內幕。

「差不多該走了。」

折紙說完轉過身，指向商店街。

「呃……那個……」

正當士道煩惱著「可以直接穿這樣去嗎」的時候，琴里的聲音再度響起。

「……為什麼說那種話好感度還不會下降啊？難易度是設定得多簡單啊！」

琴里將身體往後靠在〈佛拉克西納斯〉的艦長席椅背上，不停轉動加倍佳的棒子，同時憤恨地說道。

「該……該怎麼辦？司令……」

「繼續進攻！出一些會讓鳶一折紙倒退三步的嗆辣選項！」

琴里說完後，螢幕再次顯現出選項。

①「啊？妳這隻母狗竟然用人類的高度走路，也太囂張了吧。給我趴下！」

②「討～～厭～～我走得好累喔～～！揹～～我～～！」

③「呃，我說真的，妳可以離我遠一點嗎？很噁心耶！」

「……呵呵，不錯嘛，每個選項都令人火大呢。全體人員，開始選擇！」

琴里的個人小型顯示器立刻顯示出統計結果。

「最多人選的是①——啊。」

「雖然都是些讓人想懷疑人性的言行舉止……不過選項①特別超過吧。」

艦橋下方的船員如此說道。琴里回答「是啊」並點頭表示贊同。

「自己說倒還好，要是被士道那種人說這種話，會想殺了他耶。」

「…………」

不知為何，船員們一陣沉默，但琴里不以為意地拉過麥克風。

「什……」

右耳傳來琴里的指示，士道刷白了臉……難度比剛剛更高了。

『你在猶豫什麼？你是想要讓她討厭你耶，不做到這種地步怎麼行？還是怎麼？你以為能漂亮地處理掉和她的關係嗎？』

「唔……」士道輕輕低吟一聲。琴里說的沒錯，目的是要讓折紙討厭自己，不能夠想著明哲保身。

士道看向走在自己身旁的折紙，開啟顫抖的雙唇說：

「……妳……這隻母狗竟然用人類的高度走路，也……也太囂張了吧。給我趴下……！」

士道這麼說完，折紙顫了一下眉尾。

看來這句話似乎惹怒她了。士道輕輕握起拳頭——然而……

「…………」

折紙一語不發地彎起膝蓋，當場趴在地上。

「咦……什麼！」

『什……什麼……？』

五河兄妹再次同時發出驚訝的聲音。

然而，折紙一臉狐疑地歪歪頭，接著仰望士道的臉。

「你不走嗎？」

「不，呃，那個……」

正當士道語無倫次的同時，折紙像是察覺到什麼一般輕輕點了點頭，站起身來。

接著將手繞到士道的腰間，開始喀嚓喀嚓地解開士道的皮帶。

「妳……妳在幹什麼啊，折紙！不……不要，快住手——！」

即使士道發出有如少女的慘叫聲……折紙還是沒有停手，將皮帶順暢地從士道的牛仔褲上抽了出來。

然後繞到自己的脖子上拉緊，做出像狗環的形狀後，讓士道握住皮帶的尾端。

接著……

「汪！」

叫了一聲。

周遭的路人們就像在看怪東西般注視著他們。

「……真討厭，大白天的就這個樣子。」「嗚哇啊，真的有那種情侶耶。」「呃，那應該是在拍什麼片吧？」「欸～～欸～～媽媽～～那個大姊姊叫了一聲『汪』耶！她是狗狗嗎？」「不……不可以看！」

「…………」

士道整張臉冒出涔涔汗水……然後下跪道歉說：「對不起，我剛才是開玩笑的！」

◇

位於商店街的正中央。

「好，下一個是什麼……？」

折紙

十香注視著手中的便條紙，沉吟了一聲。

她左手提著的環保袋裡已經塞了幾樣士道託她買的食品。就第一次單獨跑腿來說，可說是非常順利的開始。

「……炸蛋球（註：原文為サーターアンダギー，指裹了很多砂糖的油炸球形甜甜圈）？這是什麼東西呀？」

沒聽過的名詞令十香皺起眉頭。雖然不太清楚是什麼東西，不過好像很厲害的樣子。

——正當十香一邊在商店街閒晃一邊尋找類似這個名字的東西時，後方突然有人向她搭話。

「啊——！欸，妳等一下，那那……那邊那個可愛的女生，可以打擾一下嗎？」

「唔？」

十香回過頭看，發現那裡站著一名身穿非常華麗的西裝，髮型也很誇張的男人。

◇

「……這還真難對付啊。」

琴里喀喀晃動著加倍佳的棒子，同時愁眉苦臉地低聲呻吟。

約會開始已經過了三個小時左右。

就算口出惡言、坦承異常癖好，鳶一折紙的好感度卻完全沒有下降……不僅如此，反而偶爾還會上升。

主螢幕上播放著他們兩人在咖啡廳櫃台點飲料的樣子。相對於露出疲憊模樣的士道，折紙的表情從剛才開始就絲毫沒有改變（順帶一提，她已經換回原本的服裝）。

「咕……試著稍微改變一下方向吧。」

琴里說完的同時，畫面上又顯示出選項。

①突然揉捏她的胸部。

②朝她的臉吐口水。

③掀她的裙子。

「言語行不通的話，就用行動。全體人員，開始選擇！」

手上的顯示器立刻顯現出統計結果。

最多人選擇的是——③。

「……嗯，要是在大庭廣眾之下做出這種白目的事，再怎麼樣也會稍微降低好感度吧？」

琴里拉過麥克風。

「……真……真的假的啊？」

士道聽到右耳響起的指示，嚥了一口口水。

『少囉嗦，快點照做。不做到這種程度，根本無法動搖她的好感度。』

「不……不是嘛……這種事實在……」

就在此時，士道被走在後方的客人撞到，身體失去平衡，往前面倒了下去。

「嗚喔……！」

雖然瞬間想維持姿勢——不過還是沒辦法。臉受到猛烈撞擊，鼻子也擦傷了。

「好痛啊……」

『很好！你挺有一套的嘛，士道。』

「啥？什麼……」

這時，士道發現自己的一隻手正抓著似曾相識的輕飄飄布料。

「…………」

他感覺到一股不好的預感，緩緩抬起頭。

結果看見折紙纖瘦的白皙雙腿和設計可愛的內褲，以及綁在右腳上的腿掛槍套。

看樣子，士道似乎在跌倒的時候把折紙的裙子完全扯了下來。士道整張臉滲出汗水。

「聽……聽我說，折紙，這是……」

然而，折紙卻以一副冷靜至極的態度說了一句：
「要在這裡做嗎？」
「……！妳……妳說什麼……！」
士道連忙把裙子拉回原來的位置。
折紙帶著有些遺憾的心情看著士道這麼做之後，再次將視線移回櫃台。
『……這……這樣也不動搖嗎？』
右耳傳來琴里不悅的聲音。
「這下子……該……該怎麼辦才好啊？」
士道說完，心想該不會做什麼都沒用吧，將手放在額頭上搖搖頭的瞬間——
右耳傳來「嗶！嗶！」的警報聲。
『——嘖，真麻煩……』
「怎……怎麼了？發生什麼事了嗎？」
士道的身體抖了一下，對耳麥提出疑問。
『不是折紙……是十香。我也大致觀察了一下出去買東西的十香……看樣子，好像有個奇怪的男人正在向她搭話。雖然不知道是搭訕還是拉客，不過這男人還真會給我找麻煩。』
「什……」

士道皺起眉頭。

因為十香涉世未深，難保不會被花言巧語欺騙而捲入什麼危險的事情。

……不過要是十香認真起來，那種男人一瞬間就會化成灰。但事情變成那樣感覺也很不妙。

「得……得想想辦法才行……」

『我知道。要派機構人員出馬也是可以啦……但我盡可能不想讓她察覺事情跟〈拉塔托斯克〉有關。』

琴里「唔嗯」地沉吟一聲之後，繼續說道：

『——士道，我會把你現在戴著的耳麥連上十香的手機，你可以阻止她，叫她不要做出危險的事嗎？』

「我……我嗎……？」

『由士道來跟她說是最快的方法吧。那就拜託你囉。』

「等——」

士道話還沒說完，琴里的聲音就中斷了。接著取而代之的是響起撥打電話的聲音。

過了幾秒，傳來十香的聲音：

『喂——是要說喂嗎？誰啊？』

「十香嗎？是我，士道。」

『是士道嗎！喔喔……真的可以對話耶……！』

十香發出雀躍的聲音。

「十香，妳現在在幹什麼啊？」

『唔……有個不認識的男人找我說話。他正在跟我說要不要做薪水很高的打工什麼的……』

「……………」

士道沉默地抽動了一下臉頰。

『好像什麼事都只要做簡單的服務就能拿到很多錢。我拿到一張叫做名片的漂亮紙張喔。我可以去打工嗎？』

「不……不行！給我拒絕！那東西也還給他！」

士道不禁大吼出聲。

『嗯……這樣啊。既然士道這麼說，我就照做吧——喂，你這傢伙，剛剛說的事我不做。』

「呼……」

真是危險。士道擦去額頭上滲出的冷汗。

接著就在這時，他發現點完餐的折紙正拿著擺了兩個杯子的托盤站在他眼前。

「啊——」

「…………」

折紙一語不發地點點頭後，推開排隊的人群，再次走向櫃台。

「這……這位客人……？」

「我想把這個退回去。」

「咦？呃——食物的退貨……」

店員被折紙逼迫，露出困擾的表情。

因為士道大聲喊叫，折紙似乎誤以為他是在跟自己說話。士道連忙大聲對她說：

「那……那個不用還沒關係啦！」

「……？沒關係嗎？」

折紙轉過頭來問道。士道點點頭回答她：「沒關係。」

不過，就在這一瞬間——

『什麼嘛，沒關係啊——喂，好像還是可以做。再給我一次那個叫什麼名片的東西。』

右耳傳來這樣的聲音，士道急忙大喊：

「不……不行、不行！無論如何絕對要給我拒絕！」

『呣……我知道了。』

十香乖乖地回答。

「我知道了。」

——然而，士道說出那句話後，就連折紙也輕輕點點頭，然後將托盤重重摔在櫃台上，從裙子裡拔出九公釐手槍（真希望那是模型槍）凶狠地亮給店員看。

「乖乖接受退貨。」

「咦……？啊……咦……？」

店員目瞪口呆，周遭的客人也騷然不安。士道驚慌失措地上前阻止。

「快……快住手！不用做那種事！」

『唔，是嗎？』

右耳傳來十香的聲音。

士道搔了搔頭大聲吶喊：

「啊～～真是的！妳們兩個什麼都不要給我做！」

◇

時間是下午三點三十分。

大致買完東西的十香坐在公園的長椅上稍做休息。

由於假日的關係，商店街非常熱鬧，但隔了一條路的這個公園裡充滿了舒服的寧靜氣息，無疑是最適合休息的場所。

十香一口氣喝下用士道給的零用錢買的飲料，「噗哈」一聲吐了口氣。

然後將視線落在塞滿東西的環保袋上，露出滿面笑容。

「嗯……士道肯定也會稱讚我啊！」

確實完成跑腿的任務，也按照士道所說的拒絕了男人的邀約。回到家以後，他或許會摸摸自己的頭。

「啊……」

就在這個時候，十香拿出了便條紙。

說到跑腿，有一樣東西還沒買。

沒錯，就是不知道長什麼樣子的「炸蛋球」。

「唔唔……這該怎麼辦呢……」

十香環抱雙臂「唔唔唔」地低吟沉思——數秒之後，她突然靈光一閃。

「對了！這種時候就要……」

十香說著拿起手機。

沒錯，不知道的話，直接問士道就好了。

「呃……剛剛士道有打電話過來，是要找……來電紀錄嗎？」

十香把手機放在長椅上，然後用雙手食指慢慢按著按鍵。

◇

「唉……」

下午三點三十分。士道無力地靠在咖啡廳的椅子上。

當然，不是剛才那家咖啡廳，而是另外一家。

在那之後，士道帶著折紙逃也似的奔出店家，在街上漫步了一會兒——最後來到了這家店。

『……事情既然到了這個地步，只好使出最後的手段了。』

琴里語帶嘆息的聲音傳來。

「……最後的手段？」

『沒錯。你可以稍微離她遠一點嗎？』

「？喔……好……」

士道對折紙丟下「我去一下廁所」這句話後，便從椅子上站起來，走到廁所前面。

「……然後呢？妳說的最後手段是什麼啊？」

既然都已經來到這裡了，也沒必要壓低聲音。士道如此詢問琴里。

『我想你大概已經了解到……要降低她的好感度非常困難。多麼可怕的怪物呀，我都想看看她腦袋的構造了。』

「……好……好像是這樣呢。」

『──所以，試著改變一次先決條件看看吧。乾脆將錯就錯。』

「妳的意思是……？」

『士道你就真的去當鳶一折紙的戀人。』

「什──什麼！」

士道不禁大叫出聲。

『聽我說到最後──也就是說，你在接受你們正在交往的這個前提之下提出分手。跟她說「分手吧，我已經不喜歡妳了」這樣。』

「……唔……唔……」

士道的臉頰滲出汗水，同時低聲呻吟。

嚥下一口口水濕潤因緊張而乾渴的喉嚨。

──不過，這終究還是非得面對的事。

雖說當初是琴里他們下的指示，但士道欺騙折紙是事實。卻想「讓折紙討厭自己」，未免太過自私。

士道喜歡折紙——他認為她是個好朋友，也是個能發自內心尊敬的人物。
可是——不對，正因如此。
他覺得以模稜兩可的心情持續這種關係，對折紙很失禮。
「……我知道了。說的也是，那才叫作了斷對吧。」
士道做了一個大大的深呼吸讓心情冷靜下來，然後拍打了幾次臉頰。
……然而，心臟撲通作響，指尖不停顫抖，臉上冒出大量汗水。
『冷靜點……就算我這麼說也沒用吧。至少在關鍵時刻，你可不要吃螺絲喲。』
「啊……是啊，說……說的也素。」
『這不是馬上就吃螺絲了嗎？』
「唔……」
士道搔了搔頭，刻意咳了幾聲清一清喉嚨。
『真是的……讓你離她遠一點是對的呢。好好練習，說溜一點之後再回座位喲。』
「好……好的……」
士道面向牆壁，嘀嘀咕咕地動著嘴唇。
「——分手吧，我……已經不喜歡妳了。分手吧，我……已經不喜歡妳了。分手吧，我……已經不喜歡妳了。」

『什——你說的是真……真的嗎……？』

「——是啊，我希望妳能結束我們的關係。」

『這……這種事情，我不要！』

「諒解我吧。我對妳……已經沒有感情了。」

『你……你討厭我了嗎……？』

「是啊，我討厭妳了。」

然後——

「……嗯嗯？」

士道覺得不對勁，歪了歪頭。

怎麼感覺有人非常流暢地在應和自己。

『士……道……』

就在這個時候，士道終於發現右耳傳來的聲音不是琴里發出來的。

熟悉的聲音，無庸置疑——是十香。

『嗚……嗚嗚嗚嗚嗚嗚嗚嗚嗚嗚嗚嗚嗚嗚嗚嗚嗚嗚嗚嗚嗚嗚……！』

「為——為為為為為……為什麼十香會……！」

在十香的聲音當中，琴里的聲音突然插了進來：

『——笨蛋，為什麼不先關閉回路呀！』

『對……對不起……！』

接著傳來聽似〈佛拉克西納斯〉男船員的聲音。

不過，在士道反問之前，遠處響起了驚人的爆炸聲，建築物開始晃動。牆壁嘰軋作響，天花板紛紛掉下建材碎片。

「什……！這……這是——」

瞬間還以為是地震，可是……不是。

這衝擊簡直就像有炸彈在某處爆炸一樣。

『是十香！她的精神狀態一口氣降低！精靈的力量正以驚人的氣勢逆流！』

「妳——妳說什麼！」

『唔……是我們的失誤。因為忘記關閉連接十香的回路，所以十香打電話給士道的瞬間，又形成通話狀態了啦！』

琴里吶喊般說完之際，店外又響起驚人的聲響。

到處傳來尖叫聲，還有不知該往哪裡逃而來回走動的人們有如地鳴的腳步聲。

「這個……該——該怎麼辦才好啊！」

『總之，只能安撫十香的情緒了！告訴她剛才說的都是在開玩笑！』

「喔……喔……！」

士道急急忙忙將手按在耳麥上大喊：

「十香！聽得見嗎！十香！」

然而，沒有回應。爆炸聲再次響起，店內的牆壁微微震動。

『咕——不行嗎？沒辦法了，士道，你立刻去十香身邊！』

「可是，折紙……」

『現在沒空管她了！動作快！她在穿過商店街的那個自然公園！』

「我……我知道了……！」

士道握緊拳頭，衝出店外。

街上因突如其來的事態而騷然不安。

到處充滿了尖叫與嘈雜聲，路人們就像朝同一方向流動似的竄逃。

士道立刻就明白了原因。因為公園所在的那個方向，不斷冒出裊裊上升的煙霧。

「是……是那個嗎！」

事情比預想的還嚴重。士道為了避開人潮走進小巷弄後，全速衝向目的地。

所幸士道他們待的咖啡廳離十香所在的公園不遠。

……不過考慮到可能會在約會途中偶然遇到十香的危險性，或許也不太能說是幸運。

「……！」
——就在這個時候，士道感覺到口袋裡的手機在震動。
可能是十香打來的。他沒有減緩奔跑的速度，直接拿出手機接起電話。
然而，話筒響起的卻是折紙死氣沉沉的聲音。
『——士道，你在哪裡？』
「折紙，抱歉，妳等我一——」
話還沒說完，又響起了爆炸聲，瓦礫紛紛掉落在士道的面前。
「唔喔……！」
士道勉強閃過瓦礫，繼續奔跑。
雖然對折紙感到抱歉，不過現在不是說話的時候。他將手機丟進口袋，加快速度。
接著——
「什……！」
進入公園裡的士道瞪大了雙眼。
廣大的自然公園一角，猶如隕石墜落般被剜挖了一個大洞。
簡直就像——精靈現身在這個世界時所引起的災害「空間震」一樣。
而且那個大洞的正中央有一名蹲在地上、不時顫抖肩膀的少女身影。

「十香……！」

士道如此吶喊，跌跌撞撞地奔跑在遭剜挖的地面上。

此時，十香似乎也終於發現士道的存在了。她抖了一下肩膀，一臉膽怯地面向他。

「士……士道……」

她帶著哭得皺巴巴的臉呼喚士道的名字。

「……！」

士道差點就要窒息，但依然大喊：

「剛……剛才的話——是開玩笑的！」

「咦……？」

聽見士道說的話，十香立刻露出目瞪口呆的表情。

接著沉思般發呆了一會兒，用衣袖擦擦眼淚，再次面向士道。

「真……真……真的……嗎？」

然後像是在窺探士道的神情，發出細微的聲音。

「對……沒錯。」

「你沒有……討厭我嗎？」

「當……當然啊！怎麼可能討厭妳啊！」

「真……真的嗎！那……那麼，我們可以不用分開囉？」

「喔……喔，當然啊。」

「可以永遠在一起嗎？」

「嗯……可以啊，永遠在一起！」

雖然覺得有點草率就答應了她，但總之現在必須先平復她的心情才行。士道一邊點頭一邊以至今最響亮的聲音如此說道。

十香吸了吸鼻涕，站起身來。

「是……是嗎？嗯……嗯，說的也是啊！」

十香像是打從心底感到安心似的說完，提起掉落在一旁的環保袋（不知為何竟然毫髮無傷）給士道看。

「怎……怎麼樣呀……？我還有好好買完東西喔！」

「喔……喔！很厲害嘛！」

「嘿嘿嘿……」

士道說完，十香便一臉得意地微笑。

不過就在這時，士道的右耳響起了琴里的聲音：

『呼……幹得好——雖然我很想這麼對你說，不過你們可以先離開那裡嗎？』

「咦……？」

士道聽完琴里說的話，皺起眉頭……不過，他馬上就發現了原因。

附近響起消防車和巡邏車的警報聲，要是繼續待在爆炸中心地，事情可能會變得很麻煩。

「十……十香！我們去那裡吧……！」

「唔……？嗯，我知道了。」

士道說完，十香便乖乖地點點頭。

◇

「呼……」

總之，似乎是脫離了危機。

士道帶著十香離開公園，總算鬆了一口氣。

「你怎麼了？走得這麼急。」

「啊……哎，一言難盡啦。」

士道「哈哈……」一笑，回答一臉疑惑的十香。

不過——之後不到幾秒，士道再次僵在原地。

理由很簡單。不知何時出現的鳶一折紙就站在士道眼前。

「…………」

「！折……折紙？」

「唔。」

士道全身抖了一下，十香便一臉不開心地環抱雙臂。哎，這也難怪，畢竟十香和折紙兩人水火不容。

不過，折紙很難得沒表現出對十香的厭惡感。

不，正確來說，她是以過去未曾表現出的熱烈視線（不過，表情還是老樣子就是了）凝視著士道。

「折紙……？妳怎麼了？」

士道雖然嘴上這麼說——卻有一股類似之前感受到的壞預感在他心中蔓延開來。

看來這個預感似乎成真了。只見折紙依舊面無表情地向前踏出一步後，伸出手環抱士道的身體，然後使勁施力。

「什……妳……妳這傢伙，想幹什麼呀！」

十香打算掰開折紙的手。

不過折紙緊緊抱住士道的身體，一動也不動。

然後，她靜靜地開口了：

「——永遠在一起。」

「什……什麼！」

似乎在哪裡聽過的話語令士道皺起眉頭。

「還……還不放開！那句話是『我的』耶！要永遠跟他在一起的人是我！」

「——那不可能。這句話士道肯定是在對我說。」

十香和折紙夾著士道推來推去。

接著——士道突然驚覺某件事，拿出丟進口袋的手機。

他往螢幕一看……發現現在仍處於與折紙通話的狀態。當初似乎太過匆忙，忘記關機了。

也就是說，士道對十香說的話……特別是大聲喊出的那句話，全都傳進了折紙耳裡……

正當士道呆若木雞時，右耳響起了輕快的喇叭吹奏曲。

「幹……幹嘛？」

『……恭喜你，士道。鳶一折紙看似漲停的好感度又更上一層樓了……我還是第一次看到這種數值。』

「…………」

聽到琴里近似早已放棄的聲音，士道露出乾笑。

順帶一提，兩天後在學校傳出了「五河士道在女生的脖子上戴項圈，叫她趴在地上走路」或「在眾目睽睽之下脫下女生的裙子」之類的流言……不過，那又是另一個故事了。

煙火大會四糸乃

FireworksYOSHINO

DATE A LIVE ENCORE

初夏的某天黃昏。

五河士道一如往常站在廚房準備晚餐。

「士道，今天的晚餐是什麼？」

隔著吧檯的客廳裡傳來少女的聲音。

士道朝那裡一瞥，擁有與生俱來的美麗漆黑長髮以及水晶眼眸的少女——十香正趴在平衡球上看向廚房。雖然她住在隔壁公寓，不過經常到五河家來吃晚餐。

「嗯，因為今天很熱，我就簡單煮了麵線。」

「喔喔！」

士道一說完，十香的眼睛立刻閃耀出光芒。她往平衡球使勁施加重量，利用它的反作用力彈起身子，站在原地。

「有放粉紅色……粉紅色的麵嗎？」

「有喔。不只這樣，今天還有加綠色的麵進去喔。」

「什……什麼……」

十香露出猶如聖職者獲得天啟的表情，顫抖著雙手。

真是個容易感動的傢伙。士道苦笑著繼續說：

「好了，先幫我整理一下那邊的桌子。」

「嗯……嗯！交給我吧！」

十香精神奕奕地回答，便雀躍地開始整理攤在桌上的報紙和雜誌。

接著或許是在整理的過程中發現了什麼，十香發出「唔？」的疑惑聲音，停下手來。

「嗯？怎麼了嗎？」

「唔。士道，這是什麼？」

十香說著攤開一張廣告傳單。上面印有斗大煙火綻放開來的照片，也註明了附近要舉辦的煙火大會注意事項。

「喔喔，煙火大會啊。已經到這個時期了呢。」

「煙火？」

十香將眼睛睜得圓滾滾的，同時歪了歪頭。

像是配合十香的動作一般，這時客廳的門喀嚓一聲打開，有個嬌小人影走了進來。

不按門鈴就進家門的人，除了十香與到海外出差的父母之外，唯一能想到的就只有妹妹琴里。士道富有節奏地切著蔥末咚咚作響，同時朝那邊開口：

「哦，妳總算回來啦。差不多要吃晚餐了，快點去換衣服——」

士道轉頭一看，當下瞪大雙眼，止住話語。

進家門的少女身影，和士道預想的人物不同。

年齡大約十到十五歲吧。那是一位在白皙肌膚上穿著淡色洋裝，以帽簷寬大的草帽掩蓋藍色頭髮的少女。不知為何，她的左手上戴著一隻設計逗趣的兔子手偶。

「四糸乃？」

士道呼喚這個名字後，四糸乃或許是為了要確認士道的身影，便從帽子底下露出猶如藍寶石的雙眸，瞧了士道一眼。

人類不可能具有的美麗眼瞳。

沒錯。她——以及十香，嚴格說來並不是人類，而是人稱「精靈」，且被指定為特殊災害的生命體。

話雖如此，由於現在利用某種方法封印住她們的力量，所以倒不至於那麼危險。實際上，受到〈拉塔托斯克機構〉保護的四糸乃在機構所持有的空中艦艇居住區域生活，同時學習如何融入人類社會。

「晚……晚安……士道、十香。」

「呀哈～好久不見了呢，士道。你過得好嗎～～？有偶爾想起四糸乃，欲求不滿地過著一個人睡覺的生活嗎？」

四糸乃低頭致意後，戴在左手上的手偶──「四糸奈」便接著一開一闔地動著嘴巴，發出爽朗的聲音。

這呈現極大對比的語氣和個性，令士道不由得露出一抹苦笑。

乍看之下，只覺得她像是在說腹語……不過嚴格說來並非如此。由於「四糸奈」是四糸乃體內的另一個人格，所以她所說的話並不存在四糸乃的想法。

事實上，四糸乃現在也漲紅著臉，用力摀住開著有些下流玩笑的「四糸奈」的嘴。

「對……對不起……」

「唔──！唔──！」

四糸乃一臉歉意地再度低下頭，而「四糸奈」則是企圖逃脫束縛，揮動著手腳掙扎。那副模樣實在太逗趣可愛，士道又輕輕笑了出來。

「是沒關係啦……妳怎麼會來呢？四糸乃？」

士道這麼一問，四糸乃便驚嚇般顫了一下肩膀。

「呃……那個……」

她像是難以啟齒般雙眼游移，接著彷彿下定了決心，開啟顫抖的雙唇說：

「你……你還是老樣子……一臉蠢樣呢，士道……你要感到光榮……讓我來賦予……你這個沒價值、沒力量、沒人祭拜的死人……存在的意義吧。明天傍晚，帶我……去煙火大會。這……

這點小事……你這隻進化成無限接近人類的水蚤……也辦得到吧……？」

四糸乃以非常不流暢的語調吐出平常絕對不會說出口的話語。

「什……妳……妳怎麼了？四糸乃？」

十香一臉疑惑地皺著眉頭，臉頰滴下汗水。

不過，士道的反應卻大不相同。他抽動了一下臉頰，之後緩緩抬起頭。

「……喂。」

「……！對……對不起、對不起！對不起……！可……可是……」

四糸乃由衷感到抱歉似的低頭道歉。

然而，士道完全不打算責備四糸乃。他以銳利的眼神狠狠瞪著她的後方——剛才四糸乃走進來的那扇門。果不其然，那裡露出一顆像是在忍笑而不斷抖動的琴里的頭。

「琴里！妳這傢伙，教我心靈的綠洲說什麼話啊！」

「……所以，她說想去煙火大會。」

士道揪出躲在門後偷看的琴里後，嘆了一大口氣並如此說道。

看樣子，四糸乃似乎非常想觀賞在書上看到的「煙火」的實際樣貌——可以的話，希望能使用和士道的「約會權」而跑去找琴里商量。
「對、對，我記得明天在天馬川會舉辦煙火大會吧？你就帶她去吧。」
用黑色緞帶將長髮紮成兩束的少女——琴里高傲地倚著沙發對士道如此說道。
順帶一提，所謂的「約會權」是指以前在某場比賽中，四糸乃所獲得的能獨占士道整整一天的權利。當然，這完全無關乎士道的意願……說得難聽一點，要是讓乖巧的四糸乃以外的人獲得也很令人困擾，所以士道沒有表示任何意見。
「那麼，正常說出口就好啦。妳這傢伙叫四糸乃做那什麼事啊？」
「哎呀，對於遲鈍度達到劍龍等級的士道，不做到那種地步根本就聽不懂吧……？所以，到底是怎樣啦？」
「我當然是無所謂啦……」
士道瞄了一眼坐在隔壁的十香。畢竟每次提到這種活動，她都是最有反應的人。
而實際上，她剛才聽到琴里說到有關煙火大會（應該說，是會設置在那裡的攤位）的事之後，臉頰輕微泛紅，握拳的雙手微微顫抖。
……說白一點，她超級心癢難耐的。
「啊……！」
然而就在此時，也許是察覺到士道的視線，十香一副吃驚的模樣抖了一下肩膀。

「呃……這樣很好啊。機會難得嘛……你們兩個人玩得開心一點吧。」

十香微微噙著淚水，擺明一副勉強的樣子如此說道。

士道的臉頰流下汗水，接著看向四糸乃。四糸乃也露出和士道一樣的表情。

「呃……十香，如果妳不介意……要不要一起來？」

「！可……可以嗎！」

四糸乃說完，十香便「喀噠」一聲隔著桌子探出身體——不過隨即又像在勸戒自己一樣用力搖了搖頭。

「不……不行，這場約會是屬於獲得勝利的四糸乃的。我去那裡插一腳會很奇怪。」

十香一邊擰著自己的手背一邊說道。

也許是看到了這幅情景，只見琴里無奈地聳了聳肩。

「好啦、好啦，那麼就請令音帶十香去吧。如果是個別行動，應該就沒問題了吧？」

琴里說完，十香的表情立刻變開朗。

「！唔……也……也好，如果你們這麼堅持，我也沒辦法啦！」

看到這樣的十香，士道和四糸乃面面相覷，露出苦笑。

◇

隔天。士道在離煙火大會會場最近的車站前一座長得有些奇怪的裝置藝術作品前，等待四糸乃到來。

時間是晚上六點左右。也許是因為還有大概一小時的時間就要開始施放煙火，車站前不斷湧現看似觀眾的人潮。其中似乎也有人主要是來逛會場的攤販，可以看見有人提著章魚燒的包裝盒和水球走進車站。

「雖然有料想到……不過人還真多呢。」

『你還在說這什麼悠哉的話呀。我剛剛把四糸乃傳送到那邊了，她應該馬上就會到，你可要順利跟她會合喔。』

猶如回應士道的自言自語般，右耳傳來琴里的聲音。

雖然反應過四糸乃的狀態很安定，應該不需要支援，但〈拉塔托斯克〉表示為了以防萬一，要求士道戴上耳麥。

『——原則上今天我們不會下指示，不過現場有〈拉塔托斯克〉的機構人員在暗中監看。要是遇到什麼事，馬上跟我們說。』

「了解。」

『那麼，四糸乃就拜託你了喲。』

琴里如此說完後便切斷了通訊。

士道確認通訊結束後，四處張望找尋四糸乃的身影。

這時——

「讓……讓你久等……了。」

「喔～你久等啦，士道～」

從意外靠近的地方傳來熟悉的聲音，士道將視線往下移。

「……！」

結果，他因出乎意料的景象而瞪大了雙眼。

四糸乃身上穿的並非平常那種洋裝，而是淡藍色的浴衣。頭上也沒有戴草帽，整齊向上盤起的頭髮上裝飾著一支花朵形狀的髮簪。

這些裝扮與四糸乃猶如洋娃娃般可愛的面容相輔相成，散發出一種難以言喻的美感。士道不禁啞然失聲，緊緊盯著她的模樣好一會兒。

「士道……？」

「！啊，沒事，抱歉。」

四糸乃疑惑的聲音令士道猛然回過神來，接著像是要蒙混過去般視線游移。插著和四糸乃同樣髮簪的「四糸奈」揚起寬大的嘴角，露出狡黠的笑容說：

「怪怪～？難不成是四糸乃盛裝打扮的模樣讓您看傻了眼嗎～？呀！太好了呢，四糸乃，請令音幫忙穿浴衣值得了呢～」

「唔……！」

「四……四糸奈……！不……不要說奇怪的話。士道怎麼會……」

四糸乃急忙用力摀住「四糸奈」的嘴，然後望向士道。

「呃，不過……我覺得很漂亮喔。」

不過士道本人都這麼說了，四糸乃瞬間滿臉通紅。

「那……那個，我……呃……」

大概是沒料想到會被稱讚，只見她慌亂地揮動右手，做出像是要拉下帽簷遮住臉龐的動作。

然而，現在裝飾四糸乃頭髮的不是草帽，而是小巧花朵形狀的髮簪。她的手不斷握拳又張開好幾次後，露出不知所措的表情低下頭。

兩個人就這樣紅著臉，默默相對了一會兒。這種時候才應該插嘴搗亂，然而「四糸奈」卻只是在一旁奸笑。

「呃……呃……那個啊，我們這樣下去也不是辦法，差不多該走了吧？」

「！好……好的……！麻煩……你了。」

四糸乃聽到士道這麼問，便神色緊張地點了點頭。

「喔，那往這邊走吧。」

士道說完往河川的方向走去，後方突然傳來「四糸奈」的聲音。

「喂～～喂，士道～～你打算在這人山人海當中一個人先走嗎？」

「咦？」

士道轉過頭看才總算了解。四糸乃現在穿的是浴衣，腳下也穿著穿不慣的木屐。

「說的也是，抱歉抱歉。時間還沒到，我們慢慢走吧。」

「嘖、嘖、嘖！你回答的有點不對喔～～士道。」

「咦？」

「快點，四～～糸乃。」

「四糸奈」一邊這麼說一邊戳著四糸乃通紅的柔軟臉蛋。

四糸乃依舊維持緊張的表情緊咬嘴唇，不久後便像下定決心一般說了……

「那……那個，士道。」

「什麼事？」

「我……今天使用了……和士道的約會權。」

「嗯，對啊。」

「所以……今天這是……我……我和……士道的……約會……」

「嗯，是這樣沒錯啊。」

「呃，所以……那個……如果不行……也沒關係。」

四糸乃戰戰兢兢地說著，緩緩伸出右手。

「你……你可以……牽我的手嗎？」

她說完注視著士道的臉。想必四糸乃下了非常大的決心吧？只見她雙眼略微濕潤，嘴唇微微顫抖著。

「喔……喔，可以啊。」

不自覺也跟著心跳加速的士道佯裝鎮定，不讓四糸乃察覺自己內心的動搖，並且握住她朝自己伸出的小手。

或許是被那個觸感嚇到，四糸乃的肩膀抖了一下。

「！抱歉，嚇到妳了嗎？」

「不……沒有……沒關係。」

「是……是嗎？那麼──我們走吧。」

「好的……」

四糸乃深深點頭，像是要遮掩紅如酸漿的臉蛋。左手的「四糸奈」一邊說著「妳很努力呢，乖孩子、乖孩子」一邊撫摸她的頭。

士道並不是沒有跟女生牽過手，牽是有牽過……然而不知為何，心情卻莫名緊張。

這時——

「……！」

士道突然感覺到從某處射過來的視線，環視了四周。

「士道……？你……怎麼了？」

「沒有，應該是我……多心了。」

說不定是路上的某個行人以嫉妒的眼光瞪視和可愛少女牽手的士道吧。

士道用力深呼吸後，溫柔地握住彷彿一施力便會折斷的手指，緩緩邁步向前。

隨著人潮前進約莫十五分鐘，開始看見道路兩旁攤位的亮光。

從賣炒麵、章魚燒、棉花糖等祭典必賣食物的攤販，到釣水球、撈金魚、射擊遊戲，甚至還有吊著不明獎品的抽籤攤販和取模遊戲攤（註：用針或牙籤將彩色餅乾上面畫的形狀切割下來的遊戲），現場排列著各式各樣的攤位。雖然有程度上的差異，但每個攤販的生意似乎都很好。

「哇啊……」

四糸乃雙眼圓睜，不禁發出感嘆聲。

「好棒……呀。」

「對吧～很熱鬧吧～～話說，這是怎麼回事？是在這裡賣煙火嗎？買完煙火可以自己隨意發射，是這樣的制度嗎？」

「四糸奈」不解地歪著頭如此說道。士道無力地露出苦笑。要是在這裡的人隨便發射煙火，應該會形成十分驚人的景象吧。

「不是啦，煙火是要在河的對岸施放。這裡賣的是食物或玩具之類的東西啦。」

「咦？那和煙火大會有什麼關係？」

「唔……我……我不知道……」

「這樣啊～感覺有藏著什麼哲學性的論點呢～～」

「四糸奈」宛如有所領悟般抱著雙臂，點頭稱是。

士道露出僵硬的笑容，將視線轉回四糸乃身上。

「四糸乃是第一次看到這種攤販嗎？」

士道這麼問了，四糸乃立刻有些興奮地點點頭。

「我……我有在書上看過，不過……這是第一次實際看到攤販。」

「這樣啊。」

能讓她感到這麼驚訝，帶她來就值得了。士道笑著拿起手機確認時間。

「離煙火大會開始還有一段時間，我們到處逛一下吧。」

「！可……可以嗎？」

「當然可以啊，逛攤子也是煙火大會的樂趣所在吧。妳有想吃什麼或想要的東西嗎？難得來這裡，我請客喔。」

「呃……我想想……」

四糸乃一副混亂的模樣，轉頭看向四周的攤販。

「啊哈哈……抱歉抱歉，妳邊走邊看就好。」

「啊，好……好的。對不起……」

四糸乃點點頭，握緊與士道牽著的手。

接著，他們宛如穿梭在人潮之中前行，此時四糸乃突然停下腳步。

「嗯？妳怎麼了？四糸乃？」

「士道……那個是什麼？」

她說著看向左方。

「…………」

士道默默地當場停了下來。

出現在那裡的是射擊遊戲的攤子。十把裝了軟木塞的槍並排，攤子裡頭可看見射擊標靶。

光看這幾點沒什麼問題，只是所有普通攤販的其中一家。

不過，要是那個標靶是一名臉部被罩住的半裸男子，而且還酷似熟人，事情就另當別論了。

「啊啊……來人啊！快點射擊！快射！」

「給我稍微閉上你的嘴，神無月。都怪你太噁心了，客人都不敢靠近。要是想要被射擊，就給我更像標靶一點。還是說，你無能得連這一點小事都做不到？之後讓你當個娃娃隨侍在後比較有用嗎？」

老闆不留餘地大肆辱罵。就一名攤販老闆而言，年紀非常輕……應該說，雖然有喬裝打扮，但擺明了就是琴里。

「唔……唔唔唔唔！啊啊，不過，這種乾著急的感覺也不賴……！」

被綁在柱子上的標靶男揚起陶醉的聲音……這一位不管怎麼看，都是〈拉塔托斯克〉的副司令，也是空中艦艇〈佛拉克西納斯〉的副艦長——神無月恭平。

周遭的客人們也都退避三舍，在生意同樣昌隆的攤販中，唯獨這裡呈現門可羅雀的狀態。

士道抱頭傷透腦筋。確實是聽說有機構人員在暗中監看沒錯……

「竟然是在那裡啊！」

「……！」

可能是被突然大喊出聲的士道嚇到，四糸乃的肩膀抖了一下。

「啊，抱……抱歉。」

「不……不會……話說回來，士道，那個是……」

「那麼，四糸乃，我們去逛別的攤子吧。」

「咦？可是……」

士道不容分說就拉著四糸乃離開。除了單純不想讓她繼續看到那幅景象之外……萬一受到影響也很傷腦筋。

此時，四糸乃似乎又發現其他令她在意的東西。她停下腳步，大聲說道：

「那麼，士道，那是……什麼東西呢？」

「嗯？」

四糸乃的視線前方有一個賣刨冰的攤子。碎冰從巨大的刨冰機中迸出，閃閃發亮。

「好漂亮……」

「嗯，那是刨冰喔。在刨得細碎的冰上淋上糖漿來吃。」

「是食物嗎？」

四糸乃看似覺得意外地瞪大雙眼。原來如此，確實如果在完全不知道刨冰這玩意的狀況下看到刨冰，或許會覺得它美得不像食物吧。

「是啊，很好吃喔。要不要吃吃看？」

「……！」

士道這麼問了，四糸乃便立刻點頭答應。

「嗯，那麼……妳要吃哪一種口味？」

士道拉著四糸乃的手走到攤販前面，看著寫了草莓、哈蜜瓜等口味的紙，揚聲說道。

「交……交給你選。」

「咦？也好，那麼……」

士道一一看過品項後，向站在刨冰機前的大叔開口點餐。

……話說，這位大叔的臉似乎也在〈佛拉克西納斯〉上看過，不過士道盡可能不去在意。搞不好所有攤販當中有幾成都是〈拉塔托斯克〉的機構人員。還是老樣子，過度保護又鋪張的支援態度。

「不好意思，我要一碗藍色夏威夷。」

「馬上來！」

攤販大叔以熟練的動作在杯碗中堆出一座冰山後，淋上滿滿的藍色糖漿，遞給士道。

雖說並沒有特別推薦藍色夏威夷這個口味（話說，連士道也不太清楚是什麼味道），只是隱約覺得在燈籠的亮光下熠熠生輝的藍色，似乎很適合四糸乃。

士道付完錢接下杯碗後，將它遞給了四糸乃。

「拿去。」

「謝……謝謝……你。」

四糸乃拜託「四糸奈」幫她拿著杯碗，然後用塑膠製湯匙舀起染上藍色的冰，仔細端詳之後一口送進嘴裡。

「————！」

結果她立刻大吃一驚地瞪大雙眼，左看看右看看後，抬頭仰望士道的臉，表現出興奮的模樣「啪啪」地拍打士道的身體。

不過，她又隨即猛然抖了一下肩膀，一臉抱歉地將眉頭皺成八字形。

「對……對不起，不小心就……」

「哈哈，妳很喜歡嗎？」

士道這麼問了，四糸乃便立刻用力點點頭。

「又冰又甜……可是跟冰淇淋不一樣……好厲害，這是革命……」

四糸乃說完大口大口吃起刨冰。

「啊，喂，要是吃太快……」

「…………嗯！」

來不及了。四糸乃露出苦瓜臉，用手掌摩擦側頭部。

「頭……頭好痛……」

「冰的東西要是吃太快就會這樣喔，這叫作冰淇淋頭痛。」

「這個頭痛的名字聽起來好……好好吃……」

四糸乃緊閉雙眼，像是費力擠出聲音般呻吟。

就在此時，高亢的聲音混雜在人群之中響起。

「——哦哦！令音，我接下來想吃那個！那個叫什麼名字？」

「……很可惜，金魚不能吃。」

「唔，是這樣嗎？我還以為是活魚生吃之類的東西……」

這聲音顯然在哪裡聽過。士道、四糸乃，以及「四糸奈」同時回過頭一看。

「嗯，那是……」

「十香……？」

「就是啊～」

沒錯。穿著浴衣的十香正帶著同樣一身浴衣打扮的令音走在那兒。

順帶一提，十香的右手握著巨大棉花糖，左手的每個指縫間則是夾著蘋果糖葫蘆、巧克力香蕉、烤烏賊等食物。而且還可以看見她雙手的手腕上戴著發光的手環，側頭部戴著英雄面具，一副十足享受廟會的模樣。

十香的浴衣打扮也美得不輸四糸乃……但看見她那逗趣的享樂模樣，士道不禁苦笑。

「喂——十香～」

士道呼喚她的名字，她便一臉困惑地挑起眉毛，朝士道他們的方向看去。

「唔？哦哦，這不是士道和四糸乃……嗎——」

十香瞬間想揮手回應，卻表現出驚覺到某件事的模樣，抖動了一下身體後，隨即躲到令音的背後。

「……？她怎麼了……」

「嗯～十香應該是不想讓士道你看見她那副模樣吧？」

「不……這可難說了。」

感覺十香不太會在意那種事。士道一臉不解地歪著頭，然後帶著四糸乃朝始終呆站著的令音那裡走去。

「令音，妳好。十香她怎麼了嗎？」

「……啊啊。」

令音側過身，讓躲在身後的十香露出身影。

十香的肩膀顫了一下，一副驚慌失措的模樣，接著一口氣將手裡拿著的巨大棉花糖吸進肚子後，用空下來的右手將面具挪回臉上。

「妳在做什麼啊？十香……」

「呼……呼哈哈！十香？那是誰呀？我的名字是黃豆粉麵包超人！是會在肚子餓的小孩身上撒滿黃豆粉的超級英雄！」

這英雄還真是讓人有點搞不懂該不該感謝她呢。

令音胡亂摸著十香的頭，壓低聲音對士道他們說：

「……我想，她應該在用自己的方式避免打擾你們約會吧。」

「哦哦……原來是這樣啊。」

士道和四糸乃兩兩相看，彼此輕輕點了點頭。

其實士道和四糸乃並不那麼在意被打擾，但難得十香如此顧慮他們，浪費她的這番好意也挺過意不去的。

「這樣啊，那我們先走囉——地球的和平就交給妳囉！」

「啊，士道……」

士道這麼說完準備離開，結果十香卻一副依依不捨的樣子出聲大喊。

「嗯？」

「！沒……沒事，什麼事都沒有！交給我吧！」

十香像是轉了個念頭搖搖頭後，活力充沛地對士道說了。士道和四糸乃向她們輕輕揮手，然後朝河川的方向走去。

「呼……差點就被發現了。剛才有買面具真是太好了。」

十香將黃豆粉麵包超人的面具移到頭旁邊，鬆了一口氣。

情況真的很驚險。若不是十香靈機一動，差一點就打擾到士道和四糸乃約會了。

十香確實很想跟士道來看煙火，也並非沒有想過兩人約會的情景。但她也是真心想讚美徹底打敗十香和折紙，獲得約會權的四糸乃。

再說，十香也十分清楚約會被打擾的難過心情，所以她下定決心唯有今天不去打擾四糸乃。

「……嗯嗯？」

此時，十香突然蹙起眉頭。

理由很單純。因為有一名似曾相識的少女出現在人群之中。

穿著白色浴衣繫上淡紫色腰帶，體態纖瘦的少女。髮長及肩，面無表情。應該說那正是——

「鳶一折紙……？她……她為什麼會在這種地方？」

沒錯。那是十香與士道的同班同學，也是十香的天敵——鳶一折紙。

十香一臉疑惑地瞇細雙眼，發現折紙的視線望著士道與四糸乃愈來愈小的身影，然後像是要追隨他們一樣快速移動腳步。

「！妳這傢伙，給我站住！」

十香瞬間吶喊出聲，伸出右手緊緊抓住折紙的肩膀。要是放任她行動，總覺得她會擾亂士道和四糸乃的約會。

「……夜刀神十香，妳怎麼會在這種地方？」

折紙轉過頭，帶著有些不悅的口氣狠狠瞪視十香。

「那是我要說的！妳這傢伙打算做什麼好事！」

「跟妳沒有關係，放開我。」

「不放！我不會讓妳妨礙士道和四糸乃的約會！」

十香大吼，折紙的眉尾抽動了一下。

「約會。果然是約會嗎？」

「嗯，所以不能打擾他們。知道了就——不准無視我！」

十香繞到甩開她的手、企圖快步離去的折紙面前。

「讓開，我不能白白看著士道遭受精靈的毒手。」

「妳說毒手？四糸乃是個好傢伙，才不會——」

「妳什麼都不懂，那種女人最可怕了。那個看似乖巧的外表背後隱藏著淫蕩的本性，裝作一副純潔又脆弱的模樣，激起男性的保護欲，騙到身邊之後再一口氣吞下肚，簡直就像鮟鱇魚。恐怖的冰之精靈女。」

「妳……妳在說什麼呀？四糸乃怎麼可能會做出那種事啊！」

「跟妳說也沒用，快讓開。要是就這樣讓她逃到暗處，士道的貞操就危險了。」

折紙企圖從十香身邊溜過，又被十香阻止。兩人僵持不下，彼此銳利的視線交錯。此時——

「……兩位小姐，要吵架的話，用那個來一較高下如何？」

令音從後方對互相瞪視的兩人如此說道。

「唔？」

「……村雨老師？」

折紙一臉疑惑地皺起眉頭。

不過令音卻表現出不怎麼在意的模樣，以慢悠悠的動作指向身旁的攤販。

看樣子，那似乎是個射擊遊戲的攤子。沒有看見貌似老闆的人影，現場貼著一張註明「內有空位，請自由使用。老闆」的告示。

「……射擊三十發子彈，得分較高的一方獲勝。輸的人要聽贏的人的話……如何？很淺顯易懂吧？」

「唔……好吧。正合我意！」

這樣確實很淺顯易懂。十香點頭回應。

「不懂有什麼意義。我趕時間。」

然而折紙似乎不滿意這個提議，撇開頭打算邁步離開。十香連忙把她擋了下來。

「……妳想解決這個膠著狀態吧？十香要是輸了，也會乖乖順從妳──還是說，妳沒有自信能贏十香？」

令音挑釁般說了。於是，折紙倏地瞇起雙眼。

「什麼嘛，我還以為妳為什麼逃避一決勝負，原來是這麼回事啊。」

十香看似恍然大悟地點了點頭，折紙便悄然無聲地經過十香面前，拿起放在射擊遊戲攤位上的軟木塞槍。

「標靶是？」

「唔，什麼嘛，怎麼突然又有幹勁了？」

看見進入戰鬥狀態的折紙，十香將夾在左手指縫間的蘋果糖葫蘆、巧克力香蕉和烤烏賊一口氣塞進嘴裡，塞得整個臉頰鼓鼓的……老實說，甜味和烤烏賊的香味混在一起，並不怎麼美味。

不過，現在無暇顧及那種事情了。十香把垃圾交給令音，站到折紙隔壁並拿起槍。

「只要射這個就行了吧？好，一決勝負──」

然而就在此時，十香確認過位於射擊遊戲攤子裡頭的標靶後，身體瞬間變僵了。

不知為何，柱子上綁著一個臉部被罩住的半裸男子，他的身上畫有好幾個猶如標靶的同心圓。順帶一提，最高分是位於胯下的一百分。

「這……這是……」

十香的臉頰流下汗水，接著似乎在攤子裡面看到了一個小小的身影。

「唔？」

她感到疑惑，探頭往裡面一看，便發現身穿浴衣、披著短褂外套的琴里正躲在那裡。

「琴里……？妳在這種地方做什麼呀？」

「！啊啊……十香。我有點事……不太想碰到面耶……」

琴里說完朝面向標靶托起槍的折紙瞥了一眼。

「唔……？」

十香歪了歪頭，折紙便在攤子外面以一副熟練的模樣托著槍，冷靜至極地扣下扳機。

「——啊呼！」

接著，軟木塞從槍口飛出，直接擊中胯下。標靶發出聽似痛苦又帶點舒服的叫聲。

「……劈頭就射出一百分，很有一套嘛——嗯，妳從這裡面挑個一百分的獎品吧。」

「可以隨便拿嗎？」

「……可以，我跟這裡的老闆認識。她拜託我幫她顧攤子。」

「是嗎？」

折紙說完一臉從容地吐了口氣。

「咕唔……」

十香眉頭深鎖，與琴里道別後回到攤子外面。

接著依樣畫葫蘆地托起槍，扣下扳機。發出「砰！」的輕輕一聲，子彈擊中了標靶的胸口。

「啊噫！」

「……唔，右邊乳頭是——二十分呢。來，妳的獎品是兒童煙火組合包。」

令音說著進入攤子裡頭，將四四方方又扁平、與聽說的「煙火」完全不像的東西遞給十香。

不過對現在的十香而言，那種東西根本無關緊要。分數比鳶一折紙低，令她懊悔極了。

「嗚哈……！」

正當十香咬牙切齒之際，標靶又發出詭異的驚叫聲。看來折紙似乎又射中了一百分。

「咕……怎麼能輸！」

十香再次托起槍，瞄準目標扣下扳機。

時間是下午六點五十分。

剛抵達車站時微亮的天空，如今已完全進入黑夜。

微涼的空氣、隱約可聞的蟲鳴聲。還有，都市特有的看不到星星的天空，或許唯有在觀賞煙火時才算是好背景吧。

再過十分鐘就要開始施放煙火了。逛完攤子的士道和四糸乃為了占個觀賞煙火的好位置，便往河岸走去。

「妳……妳還好嗎？四糸乃？」

士道握著四糸乃的右手問道。沒錯，由於即將開始施放煙火，會場的人口密度節節攀升。那幅情景簡直就像正月的拍賣會場，或是早晨的通勤尖峰時段。

「我……我沒事……」

「喔嗚～快～被～擠～成～肉～醬～啦～」

四糸乃與「四糸奈」如此說著，他們順著人潮來到寬闊的河岸。

「呼……看來超擠的耶。」

「是……是的……」

「就是說呀～上次遇到這種情況，是被琴里扔進洗衣機的時候呢～」

士道彷彿仰望天空一般輕輕伸了懶腰。由於月亮隱身於稀稀疏疏高掛天空的雲朵背後，天空一片漆黑，真是觀賞煙火的絕佳天色。

士道接著輕輕拍了拍四糸乃的肩膀，然後指向河的對岸。
「妳看，煙火會從那一帶施放。」
「那……那裡……嗎？」
「咦～哪裡哪裡？」
「四糸奈」說著探出身來。
「就是那裡啦。妳看，那個──」
話才說到一半，士道便察覺到不對勁。

──四糸乃的左手裸露在浴衣的袖口外。

「咦……？」
士道揉了揉眼睛，再次將視線轉回四糸乃身上。然而，他並沒有眼花。
「……？你……怎麼了？」
「怎～麼～啦～難不成你要噓噓？士道，你這樣不行啦～要先上完才行啊～」
四糸乃側著頭，左手則像在配合說話一般慌忙動著。
沒錯。「四糸奈」本來必須存在的地方，如今卻不見手偶的影子。

士道驚訝地瞪大雙眼。恐怕是在剛才混亂的人群中不小心弄丟了。

話雖如此，「四糸奈」並不是手偶在講話，說到底還是四糸乃體內的另一個人格在說話。如果四糸乃以為自己還戴著手偶，也就可以像這樣說話吧。

然而，四糸乃循著士道的視線看到自己的左手——

「噫……！」

像是喉嚨堵住一般屏住呼吸。

「……！……！」

接著她揚起不成聲的尖叫，連忙環顧左右。當然，四周都不見「四糸奈」的身影。

四糸乃臉色慘白露出絕望的表情，眼眶漸漸盈上淚水。

沒錯。個性內向而且有人群恐懼症傾向的四糸乃，要是朋友「四糸奈」不在身邊，便會因為不安導致精神狀態非常不穩定。

而精靈的精神狀態不穩定，就代表——

士道的耳邊突然響起「嗶！嗶！」的警報聲。接著，琴里的聲音震動他的鼓膜。

『士道？四糸乃原本安定的精神狀態突然產生劇烈混亂，到底發生了什麼事？』

「喔、喔喔……其實是四糸奈她——」

才剛要開始解釋，另一隻耳朵就聽到了四糸乃的啜泣聲。

「嗚、啊、啊……」

「等……等一下！冷靜點，四糸乃！」

「嗚啊啊，啊！啊啊啊啊……！」

士道的勸阻完全起不了作用，四糸乃開始落下斗大的淚珠。

與此同時——

——煙火大會的會場上，突然以驚人氣勢下起滂沱大雨。

◇

「對……對不……起，士道……」

離河川不遠的神社院內，四糸乃頹喪地垂著頭，發出細微的聲音。

整齊向上盤起的頭髮濡溼，飽含水分的浴衣緊貼著她的肌膚，隔著浴衣微微透出的白皙肌膚莫名誘人。

「不……不會啦，妳別在意。」

「就是說呀～四糸乃什麼錯也沒有。是四糸奈太調皮了啦。對不起喔～讓妳擔心了。」

戴在四糸乃左手上的手偶輕輕撫摸四糸乃的頭。

幸好，也多虧在會場監視的〈拉塔托斯克〉機構人員的幫忙，馬上就找到了「四糸奈」。看來果然是在剛才移動的時候不小心弄丟的。雖然臉上有一處鞋子踩踏過的痕跡，不過沒有其他稱得上損傷的地方，可說是幸運吧。

不過，由於突如其來的大雨，導致煙火大會中止。

四糸乃原本是操縱水與冷氣的精靈。先前擁有靈力時，她只要一出現，周圍便會下起雨。

雖然藉由封印靈力，如今得以過著日常生活——不過一旦精神狀態明顯變得不安定，有時也會造成封印的力量逆流。

也就是……像這樣。

雖然找到「四糸奈」，雨也已經停了，但卻處於是否要重新施放煙火的微妙狀況。四糸乃重重地垂下肩膀，彷彿在訴說「非常對不起，給大家添麻煩了」。

「真的……很抱歉。」

「就說妳別在意了嘛。」

即使士道這麼說，四糸乃依舊充滿歉意地低著頭。

「唔……」此時「四糸奈」低吟了一聲，接著立刻像是想到了什麼主意，敲了一下手。

「真的是呀～～都是四糸乃害煙火大會泡湯了呢～～想必大家很失望吧～～」

「啊，啊嗚嗚……」

「喂、喂，也用不著說得這麼過分——」

然而，「四糸奈」無視士道說的話，繼續說道：

「四糸乃～琴里告訴過妳吧，做壞事的小孩要？」

「咦……？」

「做壞事的小孩要～？」

「呃……打……打屁股……」

「沒錯、沒錯。藉此好好反省，下次不要再做同樣的事了～」

「嗯……嗯。」

四糸乃回答完，「四糸奈」立刻轉過頭說：

「事情就是這樣。士道～打一下四糸乃的屁股吧～！」

「什……什麼！」

士道忍不住大叫出聲，猛力揮動雙手表示否定。

「不……不不不。打屁股這個詞只是一個慣用語，不是真的要打屁股吧？」

「咦～可是神無月先生犯錯，琴里就有打他的屁股喔，用鞭子。」

「…………」

輕易就能想像那個畫面。士道用手按住眉心，臉頰抽動了一下。

「好了，四糸乃也是。要是在這裡不受嚴厲的懲罰～～妳會變成一個不斷犯下同樣失誤的小孩喲～～這樣妳也無所謂嗎～～？」

「……那……那個……」

四糸乃緊咬嘴唇，猛然站起身來，將手抵在附近的一棵貌似神木的樹上。

「麻……麻煩你。我……不想再……給四糸奈和士道……添麻煩了。」

她有些緊張地如此說完，立刻蹺起屁股。

「呃……呃，就算妳這麼對我說……」

「要是士道不打，她就會一直維持這個姿勢喲～～」

正當士道猶豫不決時，「四糸奈」露出奸笑，對他如此說道。而四糸乃也像是心意已決般用力點了點頭。

「唔咕……」

都說到這種地步了，實在難以拒絕。士道朝四糸乃走去，緩緩舉起手。

「啊～～等一下。」

就在士道心裡顧慮著盡可能下手輕一點……而正要揮下手時，遭到「四糸奈」阻止。

士道鬆了一口氣。看樣子「四糸奈」似乎也不是真的想讓四糸乃被打屁股，只是想培養她的膽量，或是該說類似氣概的東西吧。

——不過，下一瞬間，士道立刻體認到自己的想法有多麼樂觀。

「不～行～～喲～～要直接打才行。」

說完這種話之後，「四糸奈」掀開四糸乃的浴衣下襬，露出她小巧的屁股。

而且不知為何，四糸乃的浴衣底下並沒有穿內褲。

「噗！」

「……！」

士道不禁瞪大雙眼。四糸乃猶如抽搐般顫抖著身體。

「妳……妳為什麼底下沒穿啊！」

「令……令音說……浴衣裡面本來就不穿內衣褲……而且十香也是這樣穿……」

「十香也是嗎！」

即使士道大喊，「四糸奈」似乎一點也不以為意，打拍子似的拍著手說：

「好了～用力打下去吧～～！」

「士道……好難為情喔……快點打吧……」

「！啊啊……真是的！」

士道在心中對神社的神明道歉，同時把手揮下。

啪！令人感到痛快的聲音響徹靜謐的神社院內。

「呀……！」

「嘿，再一次！」

啪！

「呀…………！」

「最後一掌！」

啪——！

「啊啊……！」

總計三掌打完後，四糸乃微微顫抖著身體，「呼！呼！」吐出急促的氣息。士道不覺得自己有打那麼用力，但或許是她本來皮膚就白皙，屁股微微泛紅。

「妳……妳還好嗎？四糸乃……」

「還……還好……」

士道問完，四糸乃無力地回答，接著驚覺般整理好浴衣下襬。

「那個……非常……謝謝你。我……我以後，會注意。」

「喔……喔……」

士道心裡湧起一股不明的罪惡感，一臉尷尬地搔著臉頰回答。

看來四糸乃確實充分反省這次的事情了……不過就算不打她屁股，她看起來也有好好在反省

就是了。

可是——若要說四糸乃是否完全不再沮喪了……其實也不然，她的臉依舊流露出遺憾之色。

士道「唔唔」地從喉嚨發出聲音，接著發出短促一聲「啊」。

「四糸乃、四糸奈，妳們在這裡等我一下，我馬上回來。」

「……？好……好的，我知道了……」

「嗯～～？士道，你要去哪裡？啊，這次總要去廁所了吧？」

「類似那種地方。」

士道揮揮手回答「四糸奈」的問題後，踏著細碎的步伐快步走回攤子羅列的路上。

雖然現在仍有一定的人潮，但或許是突如其來的大雨減少客人駐足，路上好走許多。士道左顧右盼，尋找目標物。

「嗯……果然沒有啊。去附近的便利商店比較……」

就在士道搔著後腦杓的時候——

「喂，妳這傢伙！妳剛才耍詐吧！要好好遵守規則！」

「沒有耍詐。又沒規定只能用一把槍，況且以現在比數將近十倍的差距之下，我不認為我有耍詐的必要。」

「妳……妳說什麼！」

射擊遊戲攤的方向突然傳來有些耳熟的噪音。

往聲音來源一瞧，十香與折紙托著軟木塞槍朝彼此射擊子彈的情景映入士道的眼簾。兩人的肚子上貼著一張畫有標靶的紙，似乎正互相瞄準那裡射擊……該怎麼說呢，感覺跟士道所認知的射擊遊戲攤的遊戲玩法十分不同。

「十香……還有折紙，妳們兩個在幹什麼啊？」

「唔？」

「——士道。」

士道出聲詢問後，十香和折紙便同時轉過頭來。

十香急急忙忙找尋面具想把臉遮住，但或許是馬上察覺到四糸乃不在士道的身邊，只見她一臉疑惑地歪著頭。

「士道，四糸乃怎麼了？」

「喔喔……有點事。」

士道語帶含糊地蒙混過去，撇開視線。就在這個時候，士道看見了堆在十香與折紙腳邊的零食和玩具等東西。

「……這些是什麼啊？」

「唔？喔喔，你說這些東西啊？是射擊遊戲的獎品。很厲害吧！因為獎品沒了，不得已只好轉向直接對決。」

「妳根本就不怎麼厲害。裡面有八成都是我獲得的獎品。」

「妳……妳說什麼！」

兩人說完再次展開槍戰（話雖如此，每射擊一次就要裝一次子彈，倒是挺和平的）。

士道看見這幅情景後露出苦笑——突然在十香的獎品堆中發現某樣東西，於是開口：

「吶，十香。」

「唔？什麼事？」

「我有一件事想拜託妳……」

◇

「士道到底怎麼了呢……」

「嗯～～我想想～～應該是那麼回事吧？四糸乃淋濕的性感模樣讓他慾火焚身了吧？用不著自己處理，四糸乃也早就做好萬全的準備了呢～～」

「四……四糸奈……」

聽見「四糸奈」說的話，四糸乃不由得抬起老是低著的臉龐。

就在此時，黑暗的天空映入眼簾——若是在這裡施放煙火，想必會十分美麗吧。

「好想和士道……一起看煙火喔……」

四糸乃仰望著天空喃喃自語。彷彿在回應這句話，前方傳來了腳步聲。

「喂——四糸乃。」

「士道……！」

四糸乃微微抖了一下肩膀，隨即轉身面向那裡。她將視線投向「四糸奈」，像是在問「剛才的自言自語沒有被他聽見吧」，「四糸奈」便以一副像在回答「天曉得」的態度聳了聳肩。

「抱歉、抱歉，等妳久等了。」

「不會……沒關係。可是……你怎麼了嗎？」

四糸乃提出疑問後，士道便嘴角上揚哼笑一聲，高舉手上拿著的東西。

「妳看，這個。」

「兒童……煙火組合包——煙火？」

四糸乃瞪大雙眼。沒錯，士道手上拿著的四方形厚紙上確實寫著這樣的文字。

「對。妳等一下喔。」

士道說完打開塑膠包裝，從裡面拿出類似紙繩的東西遞給四糸乃。

「這是……」

「哎，妳看我做喔……我記得有一起借來，是放在這裡……」

士道從口袋裡拿出打火機，在四糸乃的紙繩上點燃火苗。

「咦……？」

一開始，四糸乃還搞不懂士道的舉動。可是——過了一會兒，她便把眼睛睜得圓滾滾的。

因為士道點完火的紙繩尖端部分蜷成圓形，並發出啪嘰啪嘰的細微聲音，綻放橘色的花朵。

這與四糸乃在書上看到的截然不同，是非常微小的光芒。但這無庸置疑是煙火。

「好漂亮……」

「喔～好棒呀～」

「對吧？這個叫作線香煙火。不過……用來代替發射到空中的大煙火，可能有點不夠分量就是了。」

士道哈哈一笑。四糸乃用力搖搖頭說：

「沒……那回事。非常……漂亮。」

就在此時，前方——剛才士道跑過來的方向又傳來一陣腳步聲。

「士道！四糸乃！」

腳步聲的主人是十香。她甚至忘記用面具遮掩真面目，神色略帶慌張地跑了過來。

「喔，十香，謝謝妳的煙火。四糸乃也很喜歡喔。」

「唔，那真是太好了——不過，我有好消息。煙火好像要重新施放了喔！」

「咦……？」

就在四糸乃輕輕發出聲音的瞬間——

從某處傳來「咻———」這種猶如笛音的聲音——

伴隨著響亮的聲音，空中綻放出巨大的花朵。

「喔喔！開始了啊！那我先走了。我有確實告訴你們囉！」

十香說完便匆匆忙忙地離開了。看樣子，她似乎真的只是來傳達這件事。

「哈哈……這傢伙還真忙耶。」

士道輕輕一笑，看向四糸乃說：

「太好了呢，四糸乃。那我們也朝河岸那邊移動吧。應該會比這裡看得更清楚。」

士道如此說著打算站起身。

然而，四糸乃卻搖了搖頭。

「我想待在這裡。」

「咦？」

士道露出倍感意外的表情。四糸乃凝視著仍發出啪嘰啪嘰的聲響、花火四射的線香煙火，開口說道：

「我……比較喜歡……這邊的煙火。」

四糸乃說完，臉頰泛起紅潮。

而「四糸奈」的臉蛋——或許是受到煙火光芒照射的關係，也紅通通的。

生日宴會琴里

BirthdayKOTORI

DATE A LIVE ENCORE

「——五河司令！祝您生日快樂！」

五河琴里踏入〈佛拉克西納斯〉艦橋的瞬間，宏亮的聲音響遍室內，接二連三鳴起拉炮聲。

接著掌聲響起，一台上頭放著蛋糕的手推車被推了進來。

「……我說你們啊。」

面對如此溫暖人心的驚喜，琴里卻傻眼地嘆了一口氣。

用黑色緞帶綁成雙馬尾的頭髮，以及披在肩上的深紅外套為其特徵的少女。她的容貌看來無庸置疑是在場所有人當中最年輕的，然而言行舉止卻充滿領導者的威嚴。

「大白天的是在幹什麼啊……」

琴里說完後，船員們一齊發出「咦咦～」這種聽似不滿的聲音。

「司令的十四歲生日！這麼重要的日子竟然要工作！」

「聽說傍晚開始司令家要舉辦宴會，所以我們心想只有趁現在了！」

今天八月三日確實是琴里的生日……但琴里認為他們有點做過頭了。

「……哎，有什麼關係嘛。大家都想祝福妳啊。」

站在左邊的村雨令音如此說道。琴里發出「唔……」的聲音，支支吾吾。

「我沒有說不行喲……那個，也沒有不高興。」
琴里撇開視線這麼說了，船員們便一齊鼓噪了起來。
「出現啦！司令害羞的表情啊啊！」
「非常謝謝妳！非常謝謝妳！」
此時，其中一名高眺男子——神無月，從大家的後方往前踏出一步。
「真的祝您生日快樂啊，司令。在這樣值得紀念的日子裡，有幸能到場同歡，真是說不盡的感謝啊！」
神無月做出忍住淚水般的動作後繼續說道：
「因此！我們全體人員為您準備了特別獻禮！」
「……特別？」
琴里疑惑地問了，其他船員們便慌張地摀住神無月的嘴。
「你突然在說什麼啊！」
「還不能講吧！」
「啊，對……對喔……」
琴里對船員們投以冷靜沉著的眼神說：
「……你們有什麼陰謀啊？」

「沒……沒有啊……哈哈哈！」

船員們打哈哈帶過。

此時，令音像是想起了什麼事，揚起視線。

「……說到禮物，琴里，小士好像還沒決定要送妳什麼東西。現在的話，搞不好還能要求他買妳想要的東西給妳喔。試著跟他要東西如何？」

雖然覺得她好像想轉移話題……不過也罷，再追究下去也無濟於事吧。琴里將視線轉向令音，同時傳來船員們鬆了一口氣的聲音。

「我一下子想不起來有什麼想要的東西。」

「……那麼，想要他為妳做什麼事，或是妳自己想要做什麼事，像這種的怎麼樣？」

「咦？」

琴里瞪大雙眼表示疑問後，令音便豎起一根手指。

「……比如說，今天一整天希望能向哥哥撒嬌，諸如此類的……」

「為……為什麼會變這樣呀！我又不想向他撒嬌！」

「…………」

「幹……幹嘛啦？」

「……沒事。算了，既然妳都這麼說了……」

令音如此說完便背對琴里坐到自己的座位上，接著開始工作。

琴里默默注視著她的背影一會兒，「啪啪」地拍了拍手。

「好了，快點回去工作！」

語畢，船員們看似焦急地回到自己的工作崗位。

「真是的……」

琴里語帶嘆息地說完後，胡亂搔了搔劉海。

「……那種事，我怎麼說得出口呀……」

◇

「喔……喔喔……！士道！這是什麼呀！它在動喔！」

夜刀神十香指著眼前的玻璃櫥窗，有些興奮地大叫。

漆黑的長髮以及端整的容貌，美得不像話的少女。

在她的視線前方可以看見一台輕薄圓盤形的全自動吸塵器正在移動。原來如此，它的動作的確可愛。

不過，五河士道唉聲嘆了一口氣，「啪」的一聲……將手放在她的肩上。

「十香，妳明白今天的目的嗎？」

「唔？嗯，當然啊！是來買琴里的賀禮！」

十香誇張地點點頭。

沒錯。士道他們現在正來到天宮車站前的百貨公司，尋找琴里的生日禮物。

「沒錯。那妳應該知道吧？至少這玩意不會讓琴里開心。比起來，會開心的反而是我。」

「是嗎？那就送給士道吧！」

「就說不是那個意思了嘛……」

「那個……」

正當士道與十香進行這樣的對話時，有人從他們背後開口說話。

往聲音來源一看，那裡站著一個頭戴草帽、左手戴著兔子手偶的嬌小女孩。那是一起來選琴里禮物的女孩——四糸乃。

「士道，這個……怎麼樣？」

四糸乃說完，遞出用右手及手偶的手臂合作搬來的盒子。裡面有一套雅緻的白色茶杯組。

「哦……原來如此，很不錯呢。況且琴里喜歡紅茶。」

士道這麼說了，四糸乃便害羞地紅著臉。

「喔喔……原來如此，那種東西比較好嗎！那麼，我也——」

十香一副恍然大悟的模樣，正想跑向賣場卻被士道阻止。

「不，收到類似的東西是要教她怎麼辦啊？」

「呣……這樣啊。那麼，士道要送她什麼？」

「咦？我……」

聽到十香的問題，士道支支吾吾說不出個所以然。

他並不是想保密到生日宴會時才揭曉，或不好意思說出口，只是單純地還難以決定要送她什麼禮物罷了。

琴里可能會想要的東西、會讓她高興的東西，士道心裡並非完全沒有頭緒。不過，一想到難得她過生日……便無法順利歸納出一個想法……結果到了當天還在苦惱要送她什麼。

「唔……」

士道將手抵在下巴，腦海裡浮現琴里的身影——然後……

「——啊，對了……」

心中起了一個念頭，瞪大了雙眼。

◇

「……琴里呢？」

「剛才回家了。」

令音一問，神無月便立刻回答。同時，待在艦橋的船員們表情也轉為備戰狀態，並開始回自己的工作崗位。

沒錯。今天八月三日，接下來好戲才要正式登場。

「各位，準備好了嗎？」

「是！」

船員們一齊回答的同時，艦橋的主螢幕顯示出五河家的影像。士道等人正歡欣鼓舞地準備生日宴會。

「那麼，關鍵時刻到了。我先確認作戰事項。首先是——」

神無月開始簡潔地做最後確認。

就在神無月說明完戰略的重要事項時，他疑惑地皺起眉頭，轉頭向後方看去。

「嗯嗯？」

「……怎麼了嗎？」

「剛才那裡有人嗎？」

聽見神無月說的話，船員們往後方看去。不過，那裡並沒有任何人的身影。

「一個人都沒有耶。是錯覺吧？」

「哎呀……真是奇怪呢。」

神無月搔搔頭，歪了歪脖子。

「…………唔嗯。」

令音將視線投向門的方向，用手抵著下巴。

◇

「——HAPPY BIRTHDAY！」

大夥熱鬧的聲音響徹五河家的餐桌。

餐桌上現在擺滿了士道特製的料理，一個巨大的草莓蛋糕坐鎮於中央。

八月三日，星期四。士道的妹妹五河琴里十四歲的生日。

今天的壽星琴里坐在最裡面的位子，十香、四糸乃、士道以及令音則坐在餐桌的左右邊。

「我明明說過普通一點就好……」

坐在壽星主位的琴里說著，臉頰微微泛紅。不過，或許是因為身體微微顫抖，以黑色緞帶紮起的頭髮看似愉悅地抖動著。

「……生日快樂。這是〈佛拉克西納斯〉全體船員送的。」

令音將四四方方又扁平、類似盒子的東西遞給琴里。

「謝謝……這就是之前說的特別獻禮嗎？」

「……妳覺得呢？」

令音挪開視線，琴里便一臉狐疑地盯著她的臉。

不過，那種表情立刻就換上了另一種面貌。

「琴里！生日快樂！」

「祝妳生日快樂，琴里。」

「Congratulation！」

十香、四糸乃以及「四糸奈」各自送上祝賀，並將包裝精美的禮物遞給琴里。

「謝……謝謝……」

琴里看似害羞地移開視線，並且收下禮物。

士道看到她們之間的互動，也不禁露出微笑。或許是察覺到士道的表情，只見琴里「唔咕

……」一聲，臉蛋變得更紅了。

「啊哈哈……抱歉、抱歉。來，生日快樂，琴里。」

語畢，士道也跟十香她們一樣拿出禮物。

「……姑且跟你道個謝。」

「是、是。」

「……可以打開嗎？」

琴里環視眾人這麼問了。十香、四糸乃以及「四糸奈」都精神奕奕地點頭允諾。

然而，令音卻在此時阻止琴里。

「……琴里，我的禮物可以等我們回去之後再打開嗎？」

「咦？是無所謂啦……」

琴里一臉疑惑地歪著頭，並將手上令音送她的禮物放到一旁。

士道看了也揚起聲音說道：

「啊……可以的話，我的禮物也能等大家回去後再開嗎？」

「士道也是？是可以啦……不過，你們兩個是怎樣啊？有什麼陰謀嗎？」

「不，並沒有什麼陰謀……」

士道語帶含糊。該怎麼說呢，有點不好意思讓她在其他人面前打開，畢竟買的時候也害羞得要十香和四糸乃在店外等待。

「是喔……好吧。那麼，我要來看十香和四糸乃的禮物囉。」

就在這時，十香有些興奮地往桌上探出身子。

「吶，士道～～已經可以吃了嗎？」

她說完指著擺在眼前的料理，眼睛閃閃發光。

「哈哈……等琴里拆完禮物再吃吧。」

「！唔，這樣啊，原來如此……對不起，琴里，我太沒禮貌了。」

士道委婉地提醒後，十香便瞪大雙眼，一臉歉意地道了歉。

「沒關係，妳可以先吃。」

不過琴里揮揮手如此說完，十香的表情又亮了起來。

「可以嗎？」

「嗯。」

琴里點點頭。十香對士道使了個眼色，然而既然今天的壽星都這麼說了，士道也無可奈何，只好跟著點頭答應。

「喔喔，那我開動了！」

十香精力充沛地雙手合十「啪！」地拍了手。

之後過了約三個小時。

在大家享用完料理，用四糸乃與「四糸奈」送的茶杯組喝茶，玩了十香送的桌遊一會兒之後，到了十香該回隔壁公寓，而四糸乃和令音該回〈佛拉克西納斯〉的時刻了。

「唔嗯，明天見，士道！」

吃完美食，玩得十分盡興的十香如此說完，發出「呼啊……」充滿睏意的呵欠聲。

「喔。要好好洗澡、刷牙喔。」

「嗯！」

十香用力點了頭，穿上鞋子，打開玄關的門。

「……那麼，我們也回去了。」

「晚安……」

「下次見囉！」

令音她們也跟在十香後頭穿過玄關。琴里則揮揮手回應她們。

「嗯，下次見。」

十香等人也揮揮手，「砰」一聲關上門。

直到聽不見三個人的腳步聲後，士道輕輕伸了個懶腰。

「好，那麼趕快來收拾吧！」

他說著回到客廳，開始疊起留在桌上的餐具。

此時不知為何，琴里像是要避開士道的視線，蹲在沙發後面窸窸窣窣地開始做起某件事。

「琴里？妳在做什麼？」

「！不……不用在意我！」

「……？」

儘管感到疑惑，士道依舊歪著頭，繼續收拾。

過了不久，琴里站起身朝餐桌走來。不知為何，總覺得她跟之前給人的印象有些不同。

「好了……」

琴里站在桌子前面，不自然地將頭用力伸向前。

就在這一瞬間，原本綁在琴里頭髮上的黑色緞帶有一邊鬆脫，迫降在餐具上。

「呀！」

琴里急忙捏起緞帶。

「啊～～弄髒了……」

「喂喂……拿來，給我看看。」

士道說著伸出手。然而，琴里卻在士道即將碰到的前一刻快速地閃開。

「沒辦法，我去綁另一條緞帶！」

「咦？妳說的也沒錯啦，但是如果不好好浸泡……」

「我馬上回來，你等著！」

不過，琴里沒把士道的話聽到最後，就往走廊跑去。

「算了……反正是黑色的，汙漬也不會太明顯吧。」

士道說著，察覺到剛才不對勁的地方。話說回來，感覺琴里從沙發後面出來的時候，緞帶好像就已經非常鬆了。

「不，怎麼可能啊……」

正當士道想著這些事情時，客廳的門猛然被打開，琴里回到了客廳。

「哥——哥——！」

——是情緒莫名高漲的白緞帶琴里。

她臉上原本嚴厲的表情褪去，語調也符合她的年齡該有的女孩子氣。若是不知道內情的人看見這個情況，就算懷疑她是長得一模一樣的雙胞胎也無可厚非。

「琴里……？」

士道一臉疑惑地皺起眉頭……不過，仔細想想這也是理所當然。

——因為琴里只有一對黑色緞帶。

對琴里而言，「替換緞帶」這種行為所代表的意義遠超過單純的服裝搭配。繫上白色緞帶時，是符合年齡、天真無邪的琴里。

而繫上黑色緞帶時，則是擔任〈拉塔托斯克〉司令官的剛強琴里。

像這樣藉由對自己施加穩固的思維模式，維持得以忍受嚴苛任務的「剛強自我」。

「好了，來收拾！來收拾囉！」

琴里活力充沛地捲起袖子，將餐具拿到流理台。

士道愣了一會兒，不禁露出苦笑。由於士道開始跟精靈有所接觸之後，琴里就經常呈現司令官模式，因此士道對於原本琴里的反應感到新鮮。

「哥哥？你怎麼了？」

琴里對士道投以疑惑的眼神。士道揮揮手帶過，走向流理台。

就在此時，琴里發出「啊」的一聲，宛如想起了什麼事，將視線投向放在椅子上、令音送給她的禮物。

「她說等大家回去之後才可以打開對吧？應該可以拆了吧？」

「嗯，可以拆了吧。」

士道說完，琴里便以豪爽的美式作風撕起包裝紙。

「裡面放的是什麼？」

「我看看喔……好像是電影ＤＶＤ。」

「電影？是自己拍的嗎？像是『偉大的領導者暨稀世革命家五河琴里同志與我們的沿革』之類的。」

「才不是呢～～雖然沒看過，不過好像是一般市面上販售的那種。」

「是喔……有點意外耶。」

士道圍上圍裙同時聳了聳肩。畢竟〈佛拉克西納斯〉的船員盡是些狂愛琴里的成員，本來還以為他們鐵定會送更古怪的東西呢。

士道一邊想著這樣的事情一邊洗碗盤，電視突然傳來了重低音。看樣子，琴里似乎開始播放電影來看了。

「喂、喂，妳要現在看嗎？」

「沒關係、沒關係，好像兩個小時左右就結束了。而且難得收到禮物，在今天之內看完比較好吧？」

「……真是的，看完要馬上去洗澡喔。」

「好～～！」

琴里的右手筆直地從沙發靠背上高高舉起。士道再次聳了聳肩，繼續洗碗。

然而，數分鐘後。

「嗚哇呀啊啊啊啊啊啊！」

電視喇叭流瀉出某種巨大聲響的同時，琴里也放聲驚叫，隨即發出「啪噠啪噠啪噠！」誇張的腳步聲逃進廚房，順勢擒抱住士道的側腹部。

「咕哇！到底是怎……怎麼回事啊……」

士道往下一看，發現琴里正緊抓著他的衣襬，肩膀不斷顫抖著。

士道眉頭深鎖，看向電視螢幕——發現了原因。

螢幕上正播放著極為駭人的殭屍畫面。看樣子似乎是恐怖片。

最近健忘得很，說到這裡，琴里原本就很怕這種恐怖故事。

「令音他們不曉得妳怕這種東西嗎……？好了，我去幫妳關掉，手放開一下。」

士道一邊用圍裙擦手一邊如此說道，琴里便立刻搖了搖頭。

「唔……嗯，沒關係，我要看完。」

「呃，可是妳很怕這種東西吧？用不著勉強……」

「……這是大家為了我選的，我怎麼可以不看嘛。」

琴里說完抬起頭。她的表情透露出她不能辜負大家的好意。

「……這樣啊。嗯，那妳加油。」

「嗯……！」

琴里使勁點點頭，打算回客廳……不知為何，卻仍抓著士道的衣襬不放。

「我還要洗碗……」

「……嗚……」

琴里露出泫然欲泣的表情。士道無奈地嘆了一口氣，脫下圍裙跟著琴里離開廚房。

「……狀況如何？」

令音將四糸乃送到房間後，回到〈佛拉克西納斯〉的艦橋，以沉著的聲音詢問船員們。

「司令開始看電影了。害怕的感覺恰到好處呢。」

「……可是，她還繼續看下去對吧？」

「是的，沒有停止，似乎打算看完整部片。」

「她說不能做出辜負禮物這種忘恩負義的事……！」

「啊啊……太偉大了，司令……！」

船員們你一言我一語，看似感動萬分地擦拭眼角。

「話說回來，還真幸運呢。沒想到司令會在那種時間點替換緞帶。這個偶然，只能想成是天助我也啊！」
「……偶然嗎？」
「有什麼問題嗎？」
「……沒有。」
令音坐到自己的位子，便將視線朝向主螢幕上顯示出的琴里和士道的身影。
「……琴里偶爾坦率地撒撒嬌也無妨吧？」
語畢，她操作控制檯，使螢幕顯示出複雜的配線圖。
「……從現在算起大約兩小時後，進行第二階段作戰。先做好準備。」
「了解！」
聽見令音的指示後，船員們如此回答。
順帶一提，若說到原本擔任指揮一職的副司令神無月——
「啊啊！那種表情也好讚啊，司令！可是高傲的司令也……！」
他說著這些話，一個人心蕩神馳。

之後的兩小時簡直狼狽不堪。

有鬼怪類現身的畫面自然不用說，只不過是電話聲出其不意地響起，琴里都會嚇得驚聲尖叫，還會拉扯士道的袖子，或是將頭埋在士道的側腹部。等到電影終於播完，士道的袖子已經變得又鬆又垮了。

「呼……呼……」

琴里雙眼通紅、布滿血絲，肩膀上上下下地用力喘息。透過身體可以感受到她的心臟劇烈跳動，全身汗水淋漓。

「好了，已經不可怕了。播完了喔。」

「喔……喔……」

琴里吐了一大口氣，這才總算放開士道的手。

然而──就在這一瞬間──

「咦……！」

房間的燈突然熄滅，今天最淒厲的慘叫聲響徹雲霄。

「呀啊啊啊啊啊啊啊啊──！」

「嗚……嗚哇！琴里，妳……妳冷靜點！」

或許是突發事件導致頭腦一片混亂，琴里在伸手不見五指的黑暗中撲向士道。

士道摸摸琴里的背，好不容易讓她冷靜下來後，便拿出手機開啟照明功能。

「是跳電嗎……？我去看一下，妳等……」

「不要！」

琴里發出驚叫般的聲音，將身體緊緊貼近士道。

「真拿妳沒辦法……那就一起去吧。」

「喔……」

士道一站起身，琴里便一把抓住他的手。

他們只靠微弱的照明指引方向，慢步走在走廊上，來到遮斷器所在處。然而……

「奇怪……沒有跳電啊。該不會是停電……？」

「咦？什麼……！」

看來琴里原本以為來到這裡就能解決問題。她提高音量說了：

「那……那麼，之後會怎麼樣？」

「我想……只能維持現狀等復電吧。」

士道說完，琴里便一臉錯愕地瞪大雙眼。

「沒……沒辦法……！我絕對辦不到！」

就算這麼說也無可奈何啊。士道一臉傷腦筋地搔了搔頭。

然而，原本像小動物一樣不停發抖的琴里像是靈光一閃，猛然抬起頭。

「對……對了！哥哥，我們去〈佛拉克西納斯〉吧！」

「啊，原來如此。還有這一招啊。」

不等士道回答，琴里拿出耳麥戴到耳朵上。

「——喂……喂！敝人五河琴里，請問是村雨小姐的府上嗎！」

「啊，令音！現在馬上來接——咦？」

琴里有些錯亂地對著耳麥說話。

不過話才說到一半，琴里便轉過頭面向士道。

「哥……哥哥——……」

「怎……怎麼啦？」

「那……那個啊……她說傳送裝置有問題……明天早上才能用……」

「咦咦！是這樣嗎？」

士道皺起眉頭回應。不久前令音她們應該才剛使用完畢……是在那時候發生什麼故障了嗎？

雖然不清楚詳細情形，不過既然無法使用傳送裝置，就沒有其他方法能從這裡移動到空中艦艇。只能放棄了吧。

「……總之，我們先回客廳吧。」

「嗯……嗯……」

琴里不安地顫抖著聲音，握著士道的手跟著他離開。士道小心翼翼地走在漆黑的走廊上。

接著就在他們回到客廳入口時，琴里突然停住腳步。

「怎麼了，琴里？妳不進去嗎？」

「嗯……那個，呃……」

琴里似乎有些難以啟齒，支支吾吾的低下頭忸怩地擺動雙腿摩擦大腿內側。

「我……我想去……廁所……」

「什麼？喔……喔，妳去吧。」

正當士道心想應該用不著特別聲明的時候，琴里用力搖搖頭，力道大得甚至讓人擔心她會不會把頭給搖掉了。

「我……我怎麼敢去嘛……！」

「可是，也不能忍一整個晚上吧……」

「嗚……嗚嗚嗚嗚……」

琴里將眉毛皺成八字形，抬頭看著士道的臉，然後看向漆黑的走廊深處又移回視線，彷彿訴說著：「我還是辦不到！」

「你……你去拿便盆過來……！我要在這裡上——！」

「笨……笨蛋！再說，我們家哪來那種東西啊！」

「那……那麼，紙尿褲也行……！救救我啊，滿意寶寶（註：原文ムーニーマーン，moony man，尿布品牌）！」

「妳在說什麼蠢──」

就在士道話語未竟之際，家裡的門鈴突然「叮咚──」一聲響了起來。

「噫……！」

琴里全身抖了一下，飛撲到士道身上。她低著頭又開始忸忸怩怩地晃動身體，發出如飛蚊振翅般的細小聲音：

「嗚……嗚嗚……漏出一點……」

「咦？」

「沒……沒事！」

雖然有許多事搞不清楚，但總不能對來訪的客人置之不理。士道拖著琴里走到玄關。

「來了，請問是哪位……」

士道打開玄關的門一看，眼前站著一位戴帽子遮住眼睛，雙手抱著一只大紙箱的高眺男子。

「晚安。我來送貨。」

「咦？在這種時間……嗎？」

「是！請立刻使用！」

這時，士道側著頭感到疑惑。這個人的聲音好像在哪裡聽過。
「你該不會是神無月先——」
「我東西就放在這裡了！」
「咦！等一下，蓋章……」
不過，男子沒有聽士道把話說完便離開了。
「到底是怎麼回事啊……」
士道凝視著玄關被關上的門好一會兒，接著視線落在放在那裡的紙箱。
他將紙箱搬進走廊，撕開封箱膠帶打開來看。
裡面放著一個鴨子模樣的幼兒用便盆，還有紙尿褲。
「呃，這是……」
「！你……你那個借我一下！」
琴里突然放聲大喊，接著立刻從紙箱拿出便盆，抬起腳打算跨坐上去。
「等……等一下！要是真的這麼做，感覺妳就毀了耶！」
「我……我已經忍不下去了嘛……！」
琴里一副走投無路的模樣吶喊，用手壓住下腹部一帶。士道輕輕嘆了口氣。
「知道了啦，我陪妳去就是了。」

士道說完，琴里瞬間露出猶豫般的神情，然後點點頭。

「嗯……謝謝你，哥哥。」

琴里堅強地說道，更用力握住士道的手。

「唔……」

士道低聲沉吟。該怎麼說呢……因為最近老是被琴里痛罵，所以她願意坦率地依賴自己，讓士道感到莫名開心。

他展現出當哥哥的風範，往廁所的方向走去。

「好了，我在這裡等妳。」

「嗯……」

琴里輕輕點頭，忐忑不安地打開廁所的門。

「噫……！」

然而，在目睹一片漆黑空間的瞬間，她立刻屏住呼吸往後退。

老實說，也不是不能理解她的心情，因為就連士道也感到有些毛骨悚然。此刻映在琴里眼裡的畫面想必十分恐怖吧。

「不行……我還是好怕……！」

「妳說這種話有什麼用……要不然該怎麼辦？快尿出來了吧。」

「唔唔……」

琴里呻吟了一會兒，像是想到什麼主意似的高聲大喊：

「哥……哥哥你也一起進來！」

「什……什麼？」

士道聽到突如其來的提議，皺起眉頭發出錯愕的聲音。

「妳……妳在說什麼啊？怎麼可以——」

「那我要尿在便盆裡！或是在這裡尿褲子！我已經做好覺悟了！」

「不要做好那種覺悟啦！」

「不行，忍無可忍了！要尿出來了！」

「啊～～受不了……知道了啦！」

再怎麼說，讓滿十四歲的妹妹尿褲子也太令人過意不去了。琴里牽著士道的手，接著走進了廁所。

「哥哥，你轉到後面去……」

「喔，好……」

士道聽從琴里的指示，轉身面向門。於是琴里開始在士道的背後動來動去，接著響起窸窸窣窣衣服摩擦的細微聲音，令士道不禁嚇了一跳。

「那個，哥哥……你可以把耳朵塞起來嗎……？」

「啊，抱……抱歉……」

士道沒有注意到這種小細節，急忙用雙手蓋住耳朵。然後，琴里用雙手環抱住士道的身體，使勁施力。

……雖然這並不是士道的錯，但他總覺得自己正在做一件非常不應該的事，心臟撲通撲通狂跳。無以復加的悖德感充滿內心，化為溫熱的氣息從鼻間吐出。

不久，琴里的雙手從士道身體鬆開，戳了戳他的背。

「已經好了喲……謝謝你。」

「嗯……喔！」

接著，士道陪琴里走出廁所。

暫且解決了一個問題。士道鬆了一口氣。

然而，下一個問題馬上——在走出廁所不到幾分鐘就發生了。

「好了……在這種情況下什麼也沒辦法做，今天就早點睡吧。」

士道一說完，琴里便發出「咦……」的一聲聽似不滿的聲音。

「幹嘛啦？」

「可是……我還沒洗澡耶……」

靠電力運轉的熱水器現在確實無法使用，不過停電才過沒多久，放滿浴缸的熱水應該還很溫暖才對。話雖如此……

「……浴室也是一片漆黑喔！妳敢進去嗎？」

「唔……可是，身體黏答答的……」

「當然啦，誰教妳驚慌成那樣。」

士道說完，琴里便嘟起嘴發出「唔唔……」的呻吟聲。

「那……那個，哥哥……」

「喔，放棄了嗎？」

「可……可以的話，你也一起洗澡……」

「不、不、不。」

他們以前確實經常一起入浴，但再怎麼樣也不能跟第二性徵已經發育的妹妹親密地一起洗澡。士道慌張地揮揮手。

琴里便猛然貼近士道苦苦哀求：

「哥哥……這是我一輩子的願望～……求求你和我一起洗澡～……」

琴里語帶哭腔地訴說著，並將皺成一團的臉湊向士道。士道一臉為難地輕輕嘆了一口氣。

「不行，再怎麼說都太超過了……」

「沒關係，黑漆漆的什麼都看不見！再說，我們是兄妹耶！」

「唔……」

「哥哥～～～……」

「知……知道了、知道了啦。我跟妳一起洗就是了，放開我啦！」

面對琴里驚人的攻勢，士道也不得不屈服。他舉起雙手表示投降，琴里這才總算移開身子。

「真是的……今天例外喔。」

士道帶著這樣的琴里走到更衣間，準備好浴巾和換穿衣物之後背對琴里，把手伸到自己的衣服上。

「唔……」

然而，果然還是有點抗拒。雖說是兄妹，但正處於青春期的男女一起洗澡真的好嗎……至少如果琴里到處跟別人宣傳，士道恐怕會無法在社會上立足吧。周遭朋友自然不用說，也得徹底教育她別跟父母講才行。

正當士道思索著這些事情時，後方傳來迅速的脫衣動靜。看來琴里已經開始準備進去洗澡了。士道也急急忙忙脫下衣服，丟進洗衣籃裡。

「哥哥……你準備好了嗎？」

「好……好了……沒問題。」

屋裡沒有一盞燈光。雖說眼睛已經開始習慣黑暗，還是只能看見琴里朦朧的輪廓。不過一想到眼前的妹妹處於一絲不掛的狀態，士道便益發緊張。

「哥哥……？」

「啊啊……抱歉，進去洗吧。」

士道進浴室後，在黑暗中摸索著打開浴缸的掀蓋，將身體泡進浴缸內。

其實照理說，要先洗過身體和頭之後再進入浴缸才合乎禮儀，但現在處於這種狀態，更何況在自家的浴室用不著那麼講究。

彷彿緊跟著士道一般，琴里也踏進了浴缸。她面對士道，蹲坐在浴缸裡。兩人份體積的熱水一口氣溢了出來。

「啊……泡澡果然很舒服呢。」

「唔……嗯……浸泡在熱水裡，比較不害怕了……」

兩人膝蓋碰著膝蓋交談。不過，或許是因為恐懼感減輕的同時有一些害臊，兩人之後便陷入片刻的沉默。

「…………」

不知經過了多久，琴里毅然決然般發出聲音：

「我……我說呀……哥哥，不覺得這裡……有點擠嗎？」

「嗯?當然啊，畢竟這個浴缸是單人用的嘛。啊啊，如果妳已經不害怕，我就先起來——」

「我……我不是那個意思!」

這時響起撲通撲通的水聲。她似乎正揮舞著雙手。

「那個……我的意思是，我可以過去你那裡嗎……」

「咦?」

士道歪了歪頭。琴里不等士道回答便倏地站起身，轉身後再次泡進浴缸。

然後，像是倚坐在士道身上般將身體靠了過來。

「噫噫……!」

琴里柔嫩的肌膚緊貼著士道的腳、腹部以及胸口。面對琴里突如其來的舉動，士道不禁身體僵硬。

……老實說，他太大意了。雖然嘴上說著「怎麼可以一起洗澡……」，但內心深處卻自以為都一起洗過那麼多次澡了，怎麼可能發生什麼意外。

然而，這情況不妙。非常不妙。從倚著士道的琴里身上所感覺到的，並非費心照顧的可愛妹妹的重量，而是散發出嬌豔氣息的女人觸感。

不過，士道此時得克制住自己，否則他將犯下無可挽回的錯誤。說不定等父母從國外出差回來，還必須介紹新的家族成員給他們認識。

然而，琴里卻一副完全沒發現士道這種心思的模樣，輕聲笑了出來。

「嘿嘿嘿……什麼嘛，原來哥哥也在害怕啊。」

「咦？什……什麼……」

「因為，你心跳超快的呀。」

琴里說著，更進一步將身子往後壓向士道。

——我現在正是在怕妳啊！士道在心中高聲吶喊。

已經快到極限了，必須早一刻遠離琴里才行。

話雖如此，現在的琴里正處於驚恐模式，想必不會那麼輕易就離開士道。

「啊……對了。」

士道靈光一閃，想到了一個主意。他用手掩著嘴，沉默了半晌。

「哥哥？你怎麼了……？」

或許是覺得士道的舉動很可疑，琴里出聲問他：

面對琴里的提問，士道——以極為低沉恐怖的聲音回答：

「**呵……呵呵……妳哥哥已經不在囉……**」

「噫……！」

琴里倒抽一口氣，身體微微一震。

沒錯。既然琴里不想離開士道，那麼只要讓她害怕士道就好。

「哥……哥哥！」

「這個身體由我接收了……」

「怎……怎麼可以……！」

「琴里小妹妹，妳好香啊……好像很好吃……」

「呀……呀啊啊！呀啊啊啊！」

琴里驚聲尖叫，慌亂地揮動手腳，接著逃也似的從浴缸站起身。

「很好……」士道握起拳頭。一如所料。接下來，只要她直接逃到更衣間——

然而……

「哥哥！哥哥————！」

琴里似乎想起了什麼事，一個轉身打算再回到浴缸裡。而且可能因為太過倉促，當場滑了一跤，猛然朝士道撲了過來。

「……！」

就在士道感受到些許柔軟又溫熱的物體壓向臉部的觸感——同時發出哀號。琴里或許被這種情形嚇到了，也跟著放聲尖叫。

「呀————！」

「呀────────！」

……兩人的驚聲尖叫響遍整間浴室好一陣子。

「妳……妳還好嗎……琴里……」

「嗯……嗯……哥哥你呢……？」

「喔，我也還好……」

事態好不容易平息下來，換上睡衣的士道一邊揉著撞到浴缸的後腦杓一邊說了。

雖然在許多方面都受到了衝擊，卻避免了最糟糕的事態。「就算是哥哥，只要有愛就沒問題」這種事怎麼能發生嘛。

士道看向手機螢幕。時間已經來到晚上十一點出頭。

「牙也刷好了，今天該睡了吧。」

「嗯……說的也是……」

琴里點點頭，自然而然握住士道的手。畢竟剛才發生了那種事，士道心裡有點小鹿亂撞……

但基於哥哥的自尊心，他沒有說出口。

就在士道打算走向房間之際，琴里加重了手的力道。

……哎，照之前的發展，士道心裡大概有了底。不過他還是姑且面向琴里，試著詢問：

「怎麼了？琴里？」

「……今天可以一起睡嗎？」

「……我就知道。」

士道低聲呢喃後，死心般點點頭。

「好啊。今天例外。」

「！太好了！」

琴里語帶雀躍。

跟在浴室發生的事比起來，同床共眠根本是小事一樁。士道和琴里先進琴里的房間拿了枕頭，再到士道的房間。士道將手機放在床頭櫃上，掀開棉被進入被窩。

「上來吧，琴里。小心不要掉下床囉。」

「嗯！」

琴里將枕頭和士道的擺在一起，接著躺到他身旁。士道摸摸她的頭，拉好棉被躺下。

「晚安，琴里。」

「嗯……晚安，哥哥。」

琴里輕聲回應。雖然沒看見她臉上細微的表情，但總覺得她臉上掛著微笑。

或許也累了，士道不到十分鐘便沉沉睡去。

在那前一刻……

「今天……真的很謝謝你——我最喜歡你了，哥哥。」

士道似乎聽見了這樣的聲音，也感覺到一股柔軟的觸感印上臉頰……然而他卻分不清那是夢境還是現實。

◇

〈佛拉克西納斯〉艦橋的主螢幕上，正顯示出士道和琴里兩人親密地躺在一起睡覺的模樣。

船員們看著那幅情景，有人點頭稱是；有人拍著手；還有人感動落淚、嗚咽抽泣；也有少許一名人士悲嘆道：「為什麼沒有廁所和浴室的畫面啊啊啊啊啊！」不過，用不著在意他吧。

畢竟禮物似乎已經順利送到琴里手上了。令音看著螢幕，靜靜地呢喃：

「……生日快樂，琴里。」

◇

「喝啊！」

「嘎吼……！」

隔天早上。朝陽從窗戶照射進來的同時，士道也因為腹部產生的劇烈衝擊而不禁弓起身體。

「哼，還『嘎吼』呢。去當獅子啊！」

高傲的聲音。士道往聲音來源一看，發現已經換裝完畢的琴里嘴裡正含著加倍佳棒棒糖站在那裡。

——順帶一提，她的頭髮繫著黑色緞帶。

「琴里……妳那是……」

昨天因為停電，琴里的黑色緞帶應該還沒洗才對……

「啊！」

就在這時，士道發現了一件事。

那條黑色緞帶乾淨得不像是琴里已經持續用了五年的東西。

「妳……用它綁頭髮了啊。」

沒錯。琴里現在頭上繫著的緞帶，正是士道昨天送她的禮物。

原本的黑色緞帶是五年前士道送給琴里之後，就一直用到現在的東西。雖然琴里似乎非常寶貝它，但還是免不了歲月的摧殘。布料產生皺褶，各處也開始綻線。

看不過去的士道買下和五年前相同的緞帶，送給琴里。

「哎，以你的情況來說，算是很機靈了。我就稱讚你吧。」

琴里說著，「咚」一聲從士道身上跳到地上。

「是、是……」

士道揉著疼痛的心窩，緩緩坐起身。

「不過……怎麼搞的啦，既然妳先醒了，同時叫醒我不就好了。幹嘛還特地打開禮物，換好衣服才……」

「哼，是你自己起不來還怪我——而且，禮物我昨天就已經打開了喲。別人送我的禮物，我才不會放到隔天，這樣太失禮了。」

琴里與昨天判若兩人，滔滔不絕地對士道說話。士道懷念可愛的妹妹，唉聲嘆了一口氣。

「什麼嘛，昨天還哭哭啼啼一直喊著哥哥～～哥哥～～的……」

「音速拳（註：漫畫《範馬刃牙》的主角愚地克巳的招式）！」

「咕呀！」

從全身關節產生的加速度猛烈擊中腹部。士道不由得當場縮成一團。

「快點下床——雖然菜色簡單，不過我已經準備好早餐了喲。」

「咦？」

士道瞪大雙眼。琴里應該不怎麼會做菜才對……

「真難得呢。是為我準備的嗎？」

「……是心血來潮啦。而且，我不保證好吃喔。」

「我才不在乎呢。謝謝妳。」

「……哼。」

琴里如此說完，一邊轉動嘴裡的加倍佳棒棒糖一邊走出房間。

「……嗯？」

此時，士道突然察覺到一件事。

他莫名在意琴里剛才說的話。

禮物在昨天就打開了……琴里確實是這麼說的。

可是停電之後，琴里應該一直都跟士道待在一起才對。

若要說琴里有機會獨處，頂多只有士道睡著後的幾十分鐘……可是如此一來，就表示琴里以那種狀態在深夜漆黑的家中，一個人走到客廳。

如果她能做到那種事，不就也能一個人上廁所、洗澡嗎……

「不……怎麼可能啊。」

士道聳了聳肩。那麼怕黑的琴里不可能辦到那種事。她應該是趁士道不注意，偷偷確認過禮物的內容了吧。

「——士道！你很慢耶！」

「糟了……」

樓梯下方傳來妹妹駭人的聲音。士道急忙走出房間。

午餐時間八舞

LunchtimeYAMAI

DATE A LIVE ENCORE

九月一日。暑假結束，第二學期開學第一天。

喧鬧嘈嚷的午休時刻，五河士道從教室旁邊的樓梯走下樓。

「呵呵……能夠提供颶風皇女八舞的糧食，汝應該感到光榮喲，士道。」

「感謝。謝謝你帶路。」

背後傳來這樣的聲音。士道嘆了口氣，往後方瞄了一眼。

那裡站著身穿制服、擁有同樣臉孔的兩名少女。

一名少女頭髮高高綁起，身材纖瘦，身子向後仰一副趾高氣揚的模樣；而另一名少女將長髮編成髮辮，擁有如同模特兒的傲人比例，則是一臉呆愣地點頭致意。

她們分別是八舞耶俱矢以及八舞夕弦，是士道兩個月前封印力量的雙胞胎精靈。

「不，反倒是我要說抱歉。說到底，是我們沒聯絡好。」

「怎麼，本宮今天可寬容了喲，畢竟能與夕弦同班。因為夕弦太可愛了呢，若是放她一個人，不曉得會有多少蒼蠅黏上來呢。」

「安心。夕弦也鬆了一口氣。要把耶俱矢這種超級美少女一個人放進飢餓的狼群裡，光是想像就害怕得全身發抖。」

「沒有啦，呵呵……夕弦比較可愛啦～～」

「否定。耶俱矢比較可愛。」

「看本宮這招，夕～～弦～～」

「反擊。耶～～俱～～矢～～」

耶俱矢和夕弦如此說著，紅著臉十指交扣。她們的感情好到讓士道看得都害羞了。

沒錯。八舞姊妹從今天起轉進了來禪高中二年三班。

據說一開始是考慮讓她們轉進士道他們四班，但資料上顯示她們兩人只要在一起，精神狀態就夠穩定了，所以才決定讓她們轉進隔壁班。

不過，這無所謂。畢竟兩人原本就是以「新學期會轉學進來」的形式參加教育旅行。這是預料中的事。

只不過，士道直到今天才得知她們轉學的日期。

這也就表示——沒有事先準備八舞姊妹的便當。

因此，士道他們正要前往一樓的福利社。

「快要到了。差不多——」

就在這時，士道停下了腳步。前方出現一名熟識的少女。

少女以髮夾夾起及肩的頭髮，宛如洋娃娃一般。現在她的手裡抱著裝了麵包的袋子和小盒的盒裝牛奶。

「這不是折紙嗎？妳今天也到福利社買東西啊？」

士道說完，少女——鳶一折紙便點點頭。

「忙的時候，偶爾會。士道也是嗎？」

「不，今天是因為耶俱矢和夕弦。」

「是嗎？」

折紙簡短回答完，便快步爬上樓梯。

「認同。既然連折紙大師都愛光顧，似乎可以期待呢。」

目送折紙的背影，夕弦點頭稱是。說到這裡，夕弦不知為何從教育旅行時開始就稱呼折紙為大師。

「唔……要看是什麼麵包吧。」

士道一邊苦笑一邊下樓。

走了一陣子之後——前方傳來一股異樣的熱氣。

「哦？那是……？」

走在士道後方的耶俱矢揚起納悶的聲音。

不過，也難怪她會有這種反應。因為有無數學生正群聚在一樓的福利社前面，那情景宛如年終年初的拍賣會場，或是早晨通勤的尖峰時段。

「我要一個可樂餅麵包！還有草莓歐蕾！」「嗚哇！不要拉我衣服啦！」「只有我吃的才是好吃的咖哩麵包！」「無論如何都要搶到！」「醫護人員！醫護人員！」「可惡，為什麼要為了區區一個麵包這樣！」

怒吼聲滿天交錯，哀號四起，慘叫聲震耳欲聾。

福利社的大嬸一個人面對眾多學生，這種不平衡的人數配置所引發的激烈戰場就此展開。

「嗚哇，果然太慢了嗎？不先等一下的話，可能擠不進去呢。」

士道搔著頭，低聲呢喃般說道。

士道在一年級時曾經來福利社買過幾次東西，不過一旦下課衝刺失敗，便會展開如此戰況。

然而，耶俱矢和夕弦看到猶如戰場的福利社景象，卻揚起嘴角露出別有深意的笑容。

「怎麼怎麼，真教人亢奮激昂呢。本來還以為盡是些豢養成性的家畜，內心果然還是隱藏著戰鬥本能啊。呵呵，真令人熱血沸騰吶，夕弦。」

「興奮。真不錯。雖然兩個月前開始的生活過得十分舒適，可是安逸過了頭，身體都有點遲鈍了。」

耶俱矢和夕弦兩人視線相交，接著踏出腳步。

「喂、喂，妳們兩個。」

「士道，汝無須擔心。重點在於，只要付錢給最裡面的老闆就行了吧？」

「首肯。那事情就簡單多了。夕弦和耶俱矢沒有辦不到的事。」

說時遲，那時快，耶俱矢和夕弦同一時間衝向前去。

抵達學生群的外側之後，夕弦倏地單腳跪立，將雙手疊在一起。

「設置——耶俱矢。」

「了解！」

耶俱矢大聲吶喊，踏上夕弦的手。順帶一提，耶俱矢腳上原本穿著的室內鞋不知何時早已被扔在後方。

「喝啊！」

隨著裂帛般清厲的氣勢，耶俱矢的身體輕盈地飛在空中。

接著飛過學生們的頭上，朝福利社前方畫出一條拋物線。

然而——

「奧義・英雄擊墜！」

從某處傳來這聲音的瞬間，有一道人影以驚人的氣勢從耶俱矢的左方飛奔而出，狠狠撞擊耶俱矢。

「什……嗚呀！」

耶俱矢發出高亢的哀號聲，在空中失去平衡。
她就這麼墜落到離目的地還有一大段距離的地方，淹沒在一片沙丁魚學生群之中。
「呀哇啊啊啊啊！」
「戰慄。耶俱矢！」
夕弦瞪大雙眼，呼喊耶俱矢的名字。
就在此時——學生們像在回應她的呼喚一般，頓時停止動作。
剎那間還以為學生們是對夕弦的吶喊產生反應，然而……並非如此。
原因立刻就揭曉了。不知從何處飄來一股刺鼻的臭味。
「這個臭味是怎……怎麼回事啊……」
會皺起臉孔、捏住鼻子也是無可厚非，畢竟那是一股通過鼻腔，引發全身強烈不適與嘔吐感的異常惡臭。如果把廚餘、汗水、動物的屍體、夏天的渠水混合在一起發酵過後，再噴上適量臭鼬的屁，或許就會變那麼臭吧。那是只要吸進一口便會食欲全失的衝擊性臭氣。
大概是招架不住那股臭味，學生們紛紛摀住眼鼻。此時，有一道人影趁機迅速穿過學生們之間，買完了東西。
片刻之後，那股異樣的臭氣開始散去。結果一時失去食欲的學生們又恢復原先的狀態，再次展開爭奪戰。

——接著，過了數分鐘。

「嗚……嗚嗚嗚……」

在人潮散去的福利社前面，背後印了好幾道腳印的耶俱矢依舊趴在地上，發出悽慘的聲音。

「確認。耶俱矢，妳還好嗎？」

夕弦跑向耶俱矢，對她伸出手。耶俱矢握住夕弦的手，搖搖晃晃地站了起來。明明才過沒幾分鐘，總覺得她看起來莫名疲憊。

「可……可惡……剛才那是怎麼一回事……明知本宮是颶風皇女八舞耶俱矢，竟還敢如此放肆嗎……！」

即使如此說完，這番話也只是空虛地迴蕩在空氣中。耶俱矢緊咬牙關，過了一會兒便唉聲嘆了口氣。

「沒辦法……現在來填飽肚子、治癒身體吧。夕弦，去買麵包。」

「首肯。就這麼做吧。」

耶俱矢在夕弦的攙扶之下，緩緩走向福利社。

然而看見陳列架上排列的商品後，兩人都露出了陰鬱的表情。

「老闆，只剩這些了嗎？」

「忠告。這樣太過分了。」

也難怪她們會露出那樣的表情。在大部分商品都被搶購一空的架子上，只剩下兩袋吐司邊。而且另外販售的果醬只剩下一包。

「不好意思耶。可是，只剩下這些了。」

福利社的大嬸冷靜地回答，完全看不出剛才在她眼前上演過一場混戰。兩人看似懊悔地低吟了一會兒之後，便死心般付了錢，以緩慢的步調走回士道身邊。

就在她們走回來的途中。

才看到一名嬌小的少女從旁邊跑了過來，下一秒她便「咚！」的一聲撞上了耶倶矢和夕弦。

「嗚咕！」

「警戒。是什麼人？」

兩人皺起眉頭。少女吃驚地抬起頭，肩膀顫抖著。

「對……對不起，我趕時間……」

她說著露出了泫然欲泣的表情。

原本心情煩躁的八舞姊妹看到她那副柔弱的模樣，似乎也滅了氣焰。只見她們嘆了一口氣後，彷彿表示「別在意」似的揮了揮手。

之後兩人走回士道身邊。他不禁露出苦笑。

「真是倒楣呢……」

「少……少囉嗦！這只是碰巧！我們的實力才不是這樣！」

「氣憤。說的沒錯。侮辱耶俱矢，就算是士道我也絕不寬容。」

「不……不是啦，我並不是在侮辱她……喂，妳們兩個。」

此時，士道察覺到一件怪事，用手指向她們的手邊。

「妳們剛剛買的麵包到哪裡去了？」

「什麼？」

「疑問。你在說什麼？」

兩人歪著頭看向自己的手中，然後震驚地皺起臉。

這也難怪。因為直到剛才還拿在手中的吐司邊突然消失了蹤影，只剩用手指捏住的袋子頂端的部分。

「什……這是……」

「困惑。麵包跑到哪裡去了……」

「——呵呵……呵呵呵呵……呵哈哈哈哈！」

兩人放眼望向四周，隨即從某處傳來一道高亢的大笑聲。

「什……什麼人！」

耶俱矢大叫的同時，前方突然跳出一道人影。那道人影就這麼將手撐在走廊上，連續使出華麗的前滾翻，最後翻了兩次空翻後當場著地。
那是一名高眺的男子，頭髮剃成猶如雞冠的造型，再加上一雙銳利的眼睛。不知為何，他的制服沒有袖子，兩隻手臂纏著繃帶。順帶一提，他的腰間還垂掛著炒麵麵包和水果牛奶。
「天真，太天真了。憑那種程度就想在福利社買東西嗎？」
「啥……？」
士道露出呆滯的表情。接著有一名身穿白袍的男子從柱子後面現身。男子戴著圓眼鏡，身材纖瘦，外表看起來像個科學家。順帶一提，他手裡拿著火腿蛋三明治以及咖啡牛奶。
「咕嘻嘻……就讓我來歡迎你們吧。歡迎來到我們的戰場，新兵諸君。」
他說完猛然掀開白袍。可以看見白袍內側垂吊著好幾根栓有蓋子的試管。
正當所有人露出狐疑的表情時，又有一名學生從柱子後方現身。
那是一個猶如聖誕老人揹著大塑膠袋的少女。仔細一看，她正是剛才撞到八舞姊妹的那名女學生。
「驚嘆。妳是……」
夕弦說完，少女方才柔弱的模樣便像虛假一般，露出看似嘲笑的笑容。
「呀哈哈，照妳們剛剛那樣，不管經過多久都吃不到麵包喲～～」
少女說著便從塑膠袋裡拿出包裝頂端被切斷的吐司邊，在手中丟來丟去把玩著。

「！那是！」

「凝視。是夕弦兩人的吐司邊。」

耶俱矢和夕弦露出銳利的眼神瞪視著三人。

「可惡，汝等究竟是何方神聖！」

耶俱矢如此大喊，三人便「哼」的一聲，露出無所畏懼的笑容。

「呵……既然妳們都這麼問了，我們就報上名號吧！」

雞冠頭男子猛然張開雙手，抬起一隻腿。

「我乃以體操社鍛鍊出來的強韌腳力和柔軟身段領先群雄的空中貴公子──〈輕躍翔空(Aerial)〉鷲谷瞬助！至高逸品(Favorite One)是炒麵麵包！」

「那個綽號是怎樣？再說，通常哪有人會這樣自賣自誇啊……」

士道皺起眉頭，瞇細雙眼。

然而，三人似乎一點也不在意。接下來，白袍男子將眼鏡往上一推，仰起身體，擺出帶點知性的姿勢。

「我乃濫用科學社的經費，以特殊調配的芳香劑令戰士們失去食欲的誘死芳香師──〈異臭騷動(Professor)〉烏丸圭次！至高逸品是火腿蛋三明治！」

「……也太會給人添麻煩了吧……」

最後，揹著塑膠袋的少女擺出靈巧的姿勢。

「我乃以可愛的外貌消除對方戒心，轉瞬間神速偷走麵包的迷幻魔術師——〈哎呀抱歉囉(Pickpocket)〉鷺沼亞由美！至高逸品是偷來的東西！」

「不對吧，那不是犯罪嗎！」

「呀哈哈，可別小看我喲——請看妳們的口袋！」

「什麼？」

聽見她說的話，耶俱矢和夕弦摸索裙子的口袋，然後瞪大雙眼。

「這是……裡面有零錢耶。」

「驚愕。剛好是吐司邊的錢。」

三人哼笑兩聲之後，互相使了眼色——

「——我們正是，來禪高中福利社四天王！」

深深吸了一口氣後，以宏亮的聲音如此報上名號。

士道不由得心想，不知為何這些人好像跟八舞姊妹（特別是耶俱矢）很合得來呢……

「你們說……四天王？」

耶俱矢表現出戰慄的模樣說道。於是，三人露出反派角色般的笑容。

「呵呵，沒錯。統治來禪高中福利社的最強戰士們！就是我們四天王！」

「咕嘻嘻，因為發現了新面孔，就稍微打了一下招呼。」

「呀哈哈，不過～勸妳們不要再來這裡了吧？有點太弱了～～」

四天王一一說道，並且發出笑聲。八舞姊妹一臉不悅地露出凶狠的眼神。

「什麼！汝等是在愚弄吾等颶風皇女八舞嗎！」

「氣憤。絕不允許侮辱。」

然而，士道卻在如此緊迫的氣氛中搔了搔頭。

雖然有許多令人在意的地方，不過首先就存在著一個非常大的吐槽點。

「你們自稱四天王……但不是只有三個人嗎？」

他們彷彿預料到會被問到這種問題，三人聳了聳肩。

「呵呵呵，『那位人物』是四天王中最強的，不輕易現身！」

「沒錯，通稱〈完美主義者(Miss Perfect)〉。是個不知不覺間手上就拿著麵包，充滿謎團的人物……」

「你們連我們都贏不了，沒資格見她！」

四天王嘲笑說道。其實士道完全不以為意，但八舞姊妹似乎就不同了。她們怒不可遏地緊咬牙關。

「汝等別以為能輕易離開。藐視吾等的代價，本宮要汝等以命償還！囚禁於煉獄之牢籠，悔過自身的罪孽吧！」

「宣戰。你們種種無禮行徑，已經無法置之不理。我要求與你們決鬥。」
然而，四天王即使承受兩人銳利的目光，從容不迫的笑容依舊不為所動。
「呵……今天的決戰已經結束，少說不識趣的話。」
「咕嘻嘻，不過我就接受妳們那股氣概吧。我們是福利社最強的角色，有我們擋在前面，妳們不可能拿到想要的麵包。」
「我隨時接受挑戰喲～～我看看，目前的時間……」
〈哎呀抱歉囉〉鷺沼說著，看向貼在福利社旁邊的月曆。
「哎呀，這不是正好～～嗎？下星期一會販售一個月一次的限定麵包。這個月是彩虹奶油麵包呢。先搶到麵包的人獲勝……這樣如何呀？」
聽到那嬌滴滴的聲音，八舞姊妹從鼻間哼了一聲，點了點頭。
「好吧，福利社的帳就在福利社討回。本宮要讓汝等這些傢伙啃吐司邊！」
「宣言。我會讓你們後悔說出這些話。」
耶俱矢和夕弦豎起一根手指狠狠指向四天王。三人看似愉快地聳了聳肩，嘲笑般看向士道。
「呵……你的徒弟們很有活力嘛，〈沒反應(Dispel)〉。」
「咕嘻嘻，早就聽說你沉淪於愚昧的便當派，看來你尚存福利社購買士的驕傲嘛。」
「不過～～就憑她們那種程度，還不配當我們的對手喔～～」

「……啥？」

聽到陌生的綽號，士道疑惑地歪了歪頭。然而，周遭並沒有類似的人物。

「是……是在說我嗎？」

「你在說什麼蠢話？不是你還有誰啊，〈沒反應〉。一年前輕鬆破解我的空中殺法、烏丸的死亡芳香，以及鷺沼的盜招，拿走我意中之至高逸品炸豬排三明治的勇者啊。」

「喂，等一下，那是怎麼回事，我第一次聽說！」

士道忍不住大吼出聲。他在一年級時的確有到福利社買過幾次東西，也很喜歡吃炸豬排三明治，但從來沒聽過那種稱號。

「你說什麼？你這傢伙，忘記我們之間激烈的戰鬥了嗎？」

「不，我已經說了……」

「呵——要裝傻就裝吧。」

「咕嘻嘻，不管怎麼說，你的徒弟們似乎幹勁十足呢。」

「呀哈哈，我想反正也是徒勞無功吧～」

即使極力反駁，對方還是不肯聽他把話說完。四天王在走廊上響起反派角色的笑聲，接著朝某個方向漸行漸遠。

耶俱矢釋出銳利的眼神，直到他們的背影消失在盡頭，便「咚！」一聲狠狠蹬了走廊地板。

「可惡！竟然藐視本宮！一定要讓汝等好看！」

「同意。不會讓他們再說出同樣的話——可是，夕弦我們吃敗仗是事實。要洗刷這個汙名，必須做特訓增強實力才行。」

「特訓……」

耶俱矢和夕弦如此說完，將視線投向士道。

一股不好的預感貫穿全身，士道整張臉滲出汗水。

◇

隔天，九月二日星期六。

「呼啊啊……」

士道身穿整套運動服，額頭上綁著頭帶、單手握著竹刀，充滿睏意地打了一個大呵欠。

當然，他並不是因為喜歡才打扮成這副德性。

因為那毫無印象的綽號，八舞姊妹委託他當特訓的教練。

「我覺得穿著打扮跟平常一樣就好了吧……」

目前士道所處的地方，是以無機質的灰色構成的會堂——空中艦艇〈佛拉克西納斯〉裡的假想訓練室。

據說將顯現裝置和艦內設備並用，便能夠重現各式各樣的環境。因為要特訓，琴里便提供場所給他們使用。

正當士道強忍著呵欠時，傳來兩道語氣富有特色的聲音。

「呵呵……真沒用。汝看來尚未逃出睡神許普諾斯的束縛呢。」

「問候。早安。」

看來八舞姊妹也已經抵達。士道揉著眼睛，朝聲音來源看去——

「啊啊……早安——……！」

瞬間身體僵住。

因為她們身上穿著的，是傳說中近年來被指定為瀕臨絕種的三角運動褲式運動服。

胸口分別寫上「耶俱矢」、「夕弦」的白色布料包覆住兩人的雙手與身體，現代男高中生憧憬的三角運動褲則占據下半身。順帶一提，耶俱矢將上衣放出來蓋在三角運動褲上，而夕弦則是將衣服下襬紮進三角運動褲裡面。

「哦？雖然不知原因為何，但汝似乎清醒過來了吶。」

「發現。我覺得士道的視線比平常還要熱烈。」

「哈哈，原來汝如此幹勁十足啊！正如吾所願。」

夕弦

「疑問。是這樣嗎？」

耶俱矢開朗地笑著，夕弦則是輕輕歪了歪頭。士道游移著一瞬間清醒過來的雙眼說道：

「妳們怎麼穿成這樣……」

「啊啊，汝說這個啊。是琴里準備的。據說這似乎是這個國家自古以來流傳下來的正統訓練服裝吶。」

「評價。確實很好活動。特別是腿部的機動性很棒。」

「……這……這樣啊。」

兩個人滿意就好。士道搔了搔臉頰。

「好了，士道，趕快開始訓練吧。為了戰勝那些傢伙！」

「請求。拜託你了。我不會忘記那包果醬的苦澀滋味。」

兩人說完用力點點頭。

說到這裡，耶俱矢和夕弦在那之後並沒有接受士道分享便當的提議，而是兩人輪流吸吮剩下的一包果醬，忍受飢餓。似乎是要藉由細細品嚐敗北的滋味，養精蓄銳等待復仇的時機。

士道露出乾笑，轉身面對兩人。

「……總之，只要擊退那三人的妨礙，買到麵包就行了吧？」

「沒錯。如果能給予那些褻瀆者一輩子無法抹滅的恥辱更好。」

「首肯。要熟習什麼樣的訓練呢？」
兩人點了點頭。士道從口袋裡拿出筆記本。
昨天跟令音多方探討的結果，歸納出一套意外簡單的對策。
「呃，首先呢——」
士道簡單明瞭地依序說明四天王的攻略法。
「哦……原來如此呀。」
「理解。非常清楚。」
八舞姊妹沉吟著點點頭。士道闔上筆記本，收進口袋裡。
「哎，大概就是這種感覺吧。只要小心那一點，我想應該有辦法解決。」
「嗯。所以，吾等該做什麼才好？」
「咦？」
聽見耶俱矢的問題，士道發出錯愕的聲音。
「確認。那麼再次提問，夕弦我們等一下應該要做什麼樣的訓練才好？」
「呃……老實說，我覺得沒必要做訓練耶。」
士道皺起眉頭說道。這並不是說謊，也不是因為不想陪她們訓練才隨口敷衍，只是單純認為
事實如此。

「因為，妳們正常想想看嘛，就算靈力遭到封印，妳們的體能還是遠遠超過人類喔。昨天只是對方出其不意地攻過來，只要好好應對，絕對不會輸的啦。而且雖說是訓練，但也不會產生什麼戲劇性的變化——」

「汝在說什麼呀！」

耶俱矢大喝一聲，打斷了士道的話。

「吾等可是嚐過一次敗北的滋味喲！為了報仇雪恨，只能歷經地獄般的特訓，重生為嶄新的八舞吧！」

「同意。主角都是在故事的中間階段歷經嚴苛的修行，最後才領悟新技能。」

耶俱矢和夕弦熱烈地訴說。看樣子，她們似乎不在意有沒有成果，只是單純地想做特訓罷了……話說回來，好像聽琴里說過八舞姊妹兩人一起在暑假期間迷上了少年漫畫。

「我……我知道了、我知道了啦！」

士道阻止一步步朝自己逼近的兩人，隨便想出一個訓練項目。

「啊……那麼，先做暖身運動，做完再去跑步好了。」

就在士道這麼說的瞬間，牆壁傳來「滋滋」的雜音，四周的景色隨即化為遼闊的高原。

「喔……喔喔！」

士道驚訝地瞪大雙眼。原來如此，這似乎就是假想訓練室的機能。

耶俱矢和夕弦也看似驚訝地環顧四周之後，「嗯」地點了點頭。

「呵呵……韋馱天（註：佛教的天神，擅奔跑）奔馳啊。也罷。先來熱身吧。」

「承諾。我知道了。耶俱矢，我們來賽跑。」

「不是啦，跑步的目的並不是賽跑啦……」

即使士道這麼說，兩人也毫不在意的樣子。看來即使兩人相處融洽之後，喜歡一決勝負這一點還是沒變。

稍微動了動讓身體柔軟之後，兩人當場同時向前衝。

「喝啊啊啊啊啊啊啊啊！」

「奔馳。衝！」

兩人突然盡全力奔馳，以有如短跑的速度並肩奔跑，同時開始在士道的周圍繞起圈子。

不過，雖說是精靈，也不可能以那樣的氣勢跑個不停。片刻之後，兩人的速度明顯慢了下來

——不久，夕弦「啪咚」一聲趴倒在地。

「極……限……唔咕……！」

「呀……哈哈……本宮勝……利——」

耶俱矢慢了一拍，同樣當場不支倒地。

「喂……喂，妳們兩個！」

過了一會兒，八舞姊妹調整好呼吸，緩緩坐起身。

「呵呵……看來這場勝負是本宮勝利了吶。」

「遺憾。不愧是耶俱矢。」

「不，這場勝負本來就對本宮比較有利啊。倒是夕弦的毅力令人驚嘆喲。」

「疑問。有利是指？」

「……沒有啦，哎，有什麼關係嘛！」

士道發現耶俱矢這麼說的瞬間瞥了一眼夕弦充滿重量感的胸部……不過，要是說了感覺事情會變得很麻煩，所以他選擇吞下肚。

「反……反正，總之是本宮勝利了！汝知道該怎麼做吧，夕弦。」

「死心。咕……沒辦法，一件對吧。」

「……一件？妳們在說什麼啊？」

士道側著頭，耶俱矢隨即露出狡詐的笑容朝他走過來，然後抓住他的後頸項，半強迫地逼他轉過頭背向夕弦。

「好痛！耶俱矢妳幹嘛啦！」

「呵呵……別管了，汝只要安靜等待就好。有好東西可以看喲。」

「啊……？妳在說什……」

正當士道皺起眉頭，後方傳來衣服摩擦的聲音。

「喂，夕弦在幹什麼？」

「沒什麼，吾等剛才做了約定。為了在訓練時也充滿緊張感，每輸一次就要脫一件衣服。」

「什……什麼！等……等一下，為什麼事情會演變成這個樣子啊！應該說，妳們現在穿成這樣，要是再脫掉一件，不是一招斃命——」

「完畢。已經好了。」

士道話還沒說完，背後便傳來夕弦的聲音。

耶俱矢早一步回過頭，發出「哦哦……」的聲音，露出意味深長的笑容。

「好了，士道也看看吧。」

「等……我還沒做好心理準備……」

耶俱矢以和剛才同樣的方式轉過士道的頭，讓他面向夕弦。

眼前站著有些害羞、臉頰染上紅暈的夕弦。不過，乍看之下跟剛才並沒什麼太大的差別。

然而，士道馬上就察覺到不對勁。因為夕弦的手上正拿著尺寸大得誇張的內衣。

再仔細一看，感覺她的胸口似乎比剛才更有分量。只要夕弦輕輕擺動身體，胸口上的「夕弦」二字便會被撐大。

「什……！」

「哈哈，怎麼樣呀，士道，受不了對吧？從束縛解放開來的怪物很凶猛吶。」

耶俱矢發自內心愉快似的說道。士道害羞得滿臉通紅。

「為……為什麼從裡面……」

「說明。有人教我們這麼做才合乎規距……」

「教妳們這種事的絕對是令音吧！」

即使士道大吼，夕弦也一臉毫不在意的模樣。她按著胸部慢步走向士道。

「提案。士道，我有下一個想訓練的項目。」

「……想訓練？是什麼樣的項目？」

「回答。鍛鍊忍耐力的修行……一句話，瀑布修行。」

「瀑布修行……是指去瀑布底下承受急流的洗禮嗎？那種訓練在這裡——」

士道話才說到一半，周圍的景色流竄過一陣雜音，轉變為深山的瀑布。

而且用手觸碰還真的會冷。看來似乎是使用真的水。

「哈哈，什麼都行得通呢……」

正當士道面露苦笑時，耶俱矢向前踏出一步。

「呵呵……本宮倒是無妨。重點在於，誰忍耐得久誰就獲勝對吧？」

「肯定。就是這樣。」

耶俱矢與夕弦視線相交之後，便毫不猶豫地走到瀑布的正下方。

「喂……喂，等一下！現在那樣做不妙吧！尤其是夕弦！」

「唔呀！」

「驚愕……比想像中還要冷。」

然而，勝負似乎已然在兩人的心中展開。她們緊咬牙關，宛如修行僧般雙手合十，站在瀑布底下。

「喂……」

士道不禁移開視線。

這也難怪。畢竟兩人衣衫單薄地在瀑布下沖刷，導致運動服緊緊貼著身體，肌膚透過衣服清晰可見。

耶俱矢有穿內衣倒還好，但夕弦簡直令人無法直視。士道臉紅得甚至讓人懷疑他會不會冒出蒸氣，並且撇開視線。

「唔咕……」

「忍耐……」

之後兩人似乎努力了一陣子，但隨後全身立刻顫抖了起來。

「啊啊！已已已經到達極限了……！」

不久後，耶俱矢嘴脣發紫，抱著肩膀從瀑布底下衝了出來。

「妳……妳還好嗎！」

士道將在兩人決勝負其間事先準備好的浴巾包在她身上。她全身顫抖，當場蹲在地上。

「勝……利……這……這這這次的比賽是夕弦獲獲獲勝勝勝。」

接著夕弦這麼說了，同時朝他們走來。或許是因為牙關不停打顫，說話結結巴巴的。士道同樣也為夕弦包上浴巾。

四周的風景回歸成高原，不知從何處吹來一陣溫暖的微風。

片刻之後，蹲在地上的兩人似乎終於回復平靜，抬起頭說：

「咕唔……不愧是本宮的另一半，真有一套。」

「讚賞。別這麼說，這場勝負跟剛才相反，對皮下脂肪多的夕弦有利。我要為努力奮戰的耶俱矢鼓掌。」

「唔咕……」

耶俱矢一臉懊悔地皺起臉，不過又隨即吐了一口氣重振精神，掀開浴巾站起身來。

「……哎，沒辦法，約定就是約定。給本宮轉過身去。」

「呃，那個就別了吧……」

「夕弦都遵照約定做了，本宮怎麼能夠逃避！」

耶俱矢斬釘截鐵地說完後，讓士道與夕弦背過身子。

於是，就跟剛才的情形一樣，傳來衣服摩擦的聲音……總覺得背後正上演著禁忌萬分的場面，士道不禁屏住氣息。站在身旁的夕弦說著「嘆息。好色喔。」半瞇雙眼看向士道。

「……已經好囉。本宮准許汝的雙眼映出吾之身影。」

「喔……喔……」

士道戰戰兢兢地回過頭去。

站在眼前的耶俱矢乍看之下果然還是與先前沒什麼兩樣。不過，她的手裡和夕弦一樣——

「呃，不一樣！」

士道不禁大叫出聲。耶俱矢手上拿著的不是內衣，而是下面——總歸一句，就是內褲。

「一件！這下子沒話說了吧！」

「認同。妳有花心思呢，耶俱矢。」

夕弦表現出一副欽佩莫名的模樣，環抱雙臂，發出「唔嗯」一聲點了點頭。

「呃……呃，我說妳們啊……」

「誘導。士道，請你仔細看看耶俱矢。雖然外表跟剛才一模一樣，但是隔著那塊布的彼方蔓延著令人目眩神迷的幻想。心癢難耐吧。」

「唔……咕……」

夕弦將身子挨近士道，細語呢喃般對他說道。腦海裡浮現的想像畫面與夕弦肌膚的冰冷觸感，令士道的臉頰更加通紅。

或許是看見士道的模樣，耶俱矢看似難為情地扭動身體並開口說道：

「本宮會拿下下一項訓練的勝利，然後慢慢欣賞夕弦害羞的模樣！」

「否定。下次的勝利者依舊會是夕弦。然後，我要好好疼愛因羞恥而顫抖的耶俱矢。」

兩人說完眼神交會……她們的感情確實是很融洽沒錯，但是該怎麼說呢，總覺得有點太過喜愛彼此了。

不過若是放任兩人不管，大事可就不妙了。士道急忙搖搖頭說：

「暫……暫停！接下來的訓練項目由我來決定！可以嗎！我是教練！」

士道高聲宣言，耶俱矢和夕弦便興致勃勃地看向士道。

「接……接下來是個別項目！我想想……總之，耶俱矢做仰臥起坐！夕弦做伏地挺身！各做一百下！」

士道豎起手指，分別指向兩人下達指示。可是兩人看似有些不滿地皺起臉。

「什麼？訓練項目不同嗎？這樣不就無法一決高下了？」

「請求。而且，規定次數的話，雙方有可能都會達成。」

老實說，這就是士道的目的。

只要訓練項目不同就無法分出勝負。也就是說，衣服不會再繼續脫下去了。

「不要迷失目標。這是為了什麼才做的訓練？是為了戰勝叫作四天王的那些傢伙吧？」

「唔……」

「思考…………」

聽見士道的話，兩人陷入一陣沉默。

……雖然是剛才說出「沒必要做訓練」的男人所說的話，但兩人似乎意外坦率地接受了規勸。儘管一臉心不甘情不願的模樣，兩人還是點頭表示同意。

「……汝說的確實沒錯。因為夕弦太可愛，害吾忍不住想欺負她。」

「反省。夕弦也是。耶俱矢可愛得令我無法克制自己。」

耶俱矢和夕弦兩兩相望後，使勁地點點頭。

「好！那就來做吧，夕弦！」

「首肯。好，耶俱矢。」

兩人彼此點頭允諾。士道這才總算鬆了一口氣。

然而，兩人不知為何並沒有就地躺下，依舊站在士道面前。

「……妳們兩個是怎麼了？」

「啊啊，只做普通的仰臥起坐，成效不夠。所以，本宮用腳夾住士道的肚子來做仰臥起坐如何？這樣肯定會提升肌力。」

「提案。只做普通的伏地挺身，缺乏緊張感。所以，士道你躺在地上，夕弦在你上面做伏地挺身如何？萬一失敗就會被按捺不住色心的士道大肆上下其手的緊張感，會有效地——」

「駁……駁回！」

士道大吼，下令追加耶俱矢與夕弦兩人肌力訓練的次數。

◇

隔週，九月四日的午休時間。

福利社前面雖不比上週的人潮，卻已有幾名學生現身其中。大家為了搶購麵包，正在狹窄的福利社前展開你爭我奪的混戰。

然而，士道與八舞姊妹並未參與那場混戰，只是凝視著一處。

——站在正面、外表極為醒目的三人組身影。

「哦……沒有逃跑，前來應戰了嗎？〈沒反應〉與他的徒弟啊，你們的勇氣值得讚賞。」

「咕嘻嘻，但那不過是匹夫之勇罷了呀。你們就哀嘆自身的不足，啃吐司邊去吧。」

「呀哈哈！不行喲～～因為就算是吐司邊，我也要搶過來～～」

福利社四天王露出無所畏懼的笑容，與八舞姊妹正面相對。

耶俱矢與夕弦露出銳利的眼神瞪視對方。

「呵呵……那些話本宮會原原本本奉還給汝等這些傢伙，令汝等後悔與吾等八舞作對。」

「敵對。正是如此，今天我們絕對不會輸。」

或許是聽到她們的這番話，〈輕躍翔空〉鷲谷抵著額頭說：

「好吧。限定麵包的數量是二十個，我想差不多也所剩無幾了——那麼，就堂堂正正一決勝負吧！」

這句話說出口的同時，八舞姊妹與四天王蹬地向前衝。

話雖如此，雙方必須先想辦法突破包圍在福利社前的人牆，才能到達麵包的所在地。

「耶俱矢！夕弦！用A計畫！」

士道於戰場外下達指示後，耶俱矢和夕弦頭也不回地豎起大姆指。

「準備。耶俱矢！」

「了解！」

夕弦將雙手疊在一起，耶俱矢踏上她的手向上跳起。

不過，並肩奔跑的鷲谷看準這一點，揚起嘴角露出狡詐的笑容。

「哼，怎麼還是同一招啊！」

接著，他一腳踏上附近學生的背，朝耶俱矢跳躍而去。

「奧義・英雄擊——」

「就是現在！夕弦！」

當鷲谷正打算在空中朝耶俱矢撞擊的瞬間，士道如此大喊。

「了解。收到。」

原本跪立在走廊上的夕弦當場起身開始助跑，接著躍上空中——

「一擊。嘿呀。」

她發出有氣無力的聲音，同時抬起右腳猛力往上一踹——瞄準位在空中的鷲谷的心窩。

「喝喔……！」

鷲谷發出慘烈的悶哼聲。不過，攻勢並未就此結束。

「呵呵……墜落吧，舊時代的王呀！」

耶俱矢在空中一個扭身，直接抬起後腳跟奮力朝鷲谷的後腦杓重重一擊。

幾乎同時遭受上下夾攻的鷲谷，身體就這麼垂直旋轉，然後插進走廊地面，腳尖一顫一顫地微弱抖動。

「咕，鷲谷被幹掉了！」

「什麼……不……不過，你們可別得意忘形了！鷲谷是四天王之中最弱的一個！」

〈哎呀抱歉囉〉鷺沼如此說完，露出莫名痛快的表情。看來她似乎早就想說一次這種台詞看看了。

不過，還不可大意。畢竟四天王還剩下兩人。

「嘗嘗我的死亡芳香吧！」

〈異臭騷動〉烏丸猛然拉開白袍，雙手指縫間緊夾著好幾根試管。

士道看了再次高聲大喊：

「妳們兩個！進行B計畫！」

「「──！」」

著地的耶俱矢和夕弦聽見士道的聲音後，立刻做出反應，戴上垂掛在腰間的護目鏡。

四周開始飄散出驚人的惡臭，令其他學生皺起臉。然而，八舞姊妹卻表現出一副若無其事的模樣。這也當然，因為她們戴的護目鏡是跳水等運動專用，完全包覆住眼睛和鼻子的款式。

「什麼……！」

烏丸的聲音滿是驚慌，臉上染上一抹驚愕之色。

八舞姊妹逼近烏丸，將釋放出驚人臭氣的試管從他手中搶過──

「呵呵……既然汝如此喜愛這個臭味……」

「大笑。就讓你聞個夠。」

她們露出惡魔般的笑容，將試管中的液體倒進烏丸的領口。

「呀啊啊啊啊啊啊啊啊啊啊！」

烏丸發出猶如臨終前的慘叫聲，當場頹倒在地。四周瀰漫著一股無與倫比的臭氣。

「嗚哇……」

實在是太可憐了，士道為此皺起了臉。雖然不知道那個液體是以什麼成分調配而成，不過短時間之內這臭味恐怕無法消散吧。

「咕……你們兩個搞什麼呀！真沒用耶～既然如此就由我——」

鷺沼說完，企圖悄聲接近八舞姊妹。

不過立刻被兩人銳利的視線給震懾住，當場停下腳步。

前天，士道向兩人說明對付四天王的作戰策略，其中最簡潔說明完畢的，便是鷺沼對策。

總歸一句……就是「小心別被偷」。

再說偷麵包這種事，如果不是非常會找機會鑽漏洞也偷不到。

所以只要注意這一點，被她成功偷走麵包的機率將會大幅下降。

這下子已經沒有任何事物阻擋八舞姊妹的去路。兩人彼此輕輕點頭後，緊握五百圓硬幣一口氣衝進福利社。然而——

「鷲谷！制住〈沒反應〉！」

鷺沼的聲音才剛傳來，到目前為止都還蹲在地上的鷲谷便突然出現在士道的背後，雙手穿過士道的腋下架住了他。

「什麼……！」

或許是注意到了士道的聲音，耶俱矢和夕弦轉過頭，表情因戰慄而扭曲。

鷺沼看到這幅景象，臉上浮現邪惡的笑容。

「沒錯，下達指示的是〈沒反應〉。只要擊敗他就好——烏丸！」

就像在回應鷺沼的呼喚，飄散著異臭的烏丸緩慢地……站起身子。

「咕嘻嘻……既然落到這步田地，就讓所有事物沉沒到腐臭的深淵吧！好～～了，即使我用臉頰磨蹭你的臉頰，你是否還能毫無反應呢？〈沒反應〉啊！」

烏丸（略帶鼻音）說著，以猶如殭屍的動作逼近士道。他每逼近一步，嗆鼻的臭味便朝士道直撲而來。

「嗚……嗚哇啊啊啊！」

士道不禁放聲大叫。

「汝等這些傢伙……！」

「氣憤。太卑鄙了。」

即使耶俱矢和夕弦的臉因憤怒而皺在一起，新一批學生們也早已在她們四周建立起一道人牆。兩人似乎正試圖鑽過人群衝到士道身邊，但恐怕在她們回到這裡之前，士道就已經遭到〈異臭騷動〉的熱情擁抱。

「來～～吧～～你也染上跟我一樣的臭味吧……！」

「嗚哇！嗚……嘔噁……！」

「「士道！」」

就在耶俱矢與夕弦同時呼喚士道的瞬間——

「咦——？」

四周突然颳起一陣強風。

士道才感受到身體被奇妙的飄浮感包圍，下一瞬間，視野便翻轉過來，身體猛烈撞在牆壁上，隨後全身竄起一陣悶痛。

「好痛啊……」

睜開眼睛。

在視野當中展開的是一幅十分奇妙的景象。

學生們呈放射狀倒臥在彼此交握雙手的耶俱矢與夕弦身邊；排列在商品架上的麵包被吹飛，窗戶的部分玻璃也碎裂。

恐怕是兩人激昂的情緒喚回了一部分封印的靈力吧。畢竟兩人原本是不斷帶給全世界慘烈災害的風之精靈啊。

「汝沒事嗎？士道？」

「擔心。你還好嗎？」

兩人走向士道後脫下護目鏡，嗅起士道身上的味道。接著露出鬆了一口氣的表情，對士道伸出手。

「哈……哈……我沒事，謝謝妳們幫我解圍。」

士道拉住兩人的手站起身，並且語帶苦笑地說道。

不過對現在的兩人來說，似乎還有更重要的事。她們驚覺到某件事而抖了一下肩膀，然後奔向福利社。

「老闆，給我一個限定麵包！」

「請求。麻煩妳了。」

四天王似乎還保有意識，但照這情況看來，他們好像沒辦法起身，正一臉懊悔地看著八舞兩人買麵包。

勝利的瞬間，士道握緊拳頭擺出勝利的姿勢。然而——

「不好意思，原本擺在架上的限定麵包全都被吹走了。」

福利社的大嬸還是老樣子，以一副莫名冷靜的態度如此說道。

「什……什麼？」

「戰慄。怎麼會……」

耶俱矢與夕弦環顧四周，沮喪地垂下肩膀。

倒臥在旁的四天王看了，發出微弱的笑聲。

「呵……呵……真是可惜啊。」

「咕嘻嘻，結果還是泡湯了啊。」

「呀哈哈，這下子——」

就在此時——四天王突然止住譏笑。

能想到的理由只有一個。

從樓梯的方向響起「喀噠——」一聲腳步聲。

「難……難不成……」

「這個腳步聲是——」

「〈完美主義者〉……！」

「咦……？」

聽見三人說的話，士道往腳步聲傳來的方向看去。

〈完美主義者〉。他記得這個名號。那是三人曾經提起，四天王中最強的學生。

那個人——正要朝這裡走來嗎？

腳步聲緩緩接近，其真面目就要揭曉。

那張臉是——

「……折紙？」

士道皺起眉頭發出聲音。

沒錯。走下樓梯的，正是鳶一折紙小姐本人。

「〈完美主義者〉！」

「好久不見您了……！」

「想不到您會出現……！」

然而，四天王卻表現出感動萬分的模樣，仰望著折紙。看來並不是他們認錯人，折紙正是他們口中所言的〈完美主義者〉。

「折紙……原來妳就是四天王裡的最後一人嗎？」

士道說完，折紙便輕輕嘆了一口氣。

「那只是他們自己隨便叫的。」

「喔喔……」

士道隱約察覺事情的真相，露出一抹苦笑。

然而，不知四天王究竟有沒有發現折紙的表情，他們依舊苦苦哀求般說了：

「求求妳，〈完美主義者〉！」

「請務必替我們報仇……！」

「如果是妳……如果是妳，一定會有辦法解決的！」

「…………」

折紙不理會三人說的話，逕自向福利社大嬸攀談。

「不好意思。」

「好的。來，拿去，妳預訂的麵包。」

大嬸說完，拿出藏在架子後面的麵包（包裝紙上寫著斗大「限定！」二字）遞給了折紙。

「什麼……！」

士道、八舞姊妹，甚至連四天王都同時露出呆愣的神情。

「預……預訂……？」

「驚嘆。沒想到還有這一招……」

折紙拿著限定麵包，經過一臉啞然的八舞姊妹身邊，快步向前走去。

此時，神情恍惚的四天王似乎早已回過神來，一改原先的態度，得意洋洋地大笑出聲。

「呼……呼哈哈哈！看來這場對決似乎是我們四天王獲勝了呢！」

「咕……咕嘻嘻！說的沒錯！見識到〈完美主義者〉的實力了嗎！」

「呀哈哈！雖然有點不太能接受，但總之是我們贏了！」

折紙可能是不太想跟他們扯上關係，沒有對他們說的話做出任何反應，持續邁步前進。八舞姊妹一臉懊惱地緊緊咬牙。

「痛苦。耶倶矢，請冷靜下來。下個月我們一定要獲勝。」

「可惡！可惡……！本宮明明那麼努力……！」

「…………」

士道看見兩人的模樣，搔了搔臉頰。

總覺得就這樣結束也挺令人鬱悶的。

「……吶，折紙。」

所以在折紙經過他身邊的瞬間，他開口向折紙說話。

「什麼事？」

「如果妳不介意，可以把那個麵包讓給我們嗎……？」

「為什麼？」

「沒有啦，就有一些原因。說交易有點難聽，不過我的便當跟妳交換——」

「好。」

士道話才說到一半，折紙便立刻將麵包遞給士道。

「……什麼！」

四天王因勝利而自鳴得意的表情瞬間凍結。

「可以嗎……？」

「可以。交易。」

「啊，好……便當放在我的書包裡，妳就隨便拿去吃吧。」

「…………」

折紙聽了默默點點頭，面無表情地踩著小跳步走回教室的方向。

「什麼……沒想到竟然從〈完美主義者〉手中搶走麵包……」

四天王揚起驚慌失措的聲音。

「不愧是一年前以跌倒般的姿勢避開我的空中技，再用頭槌攻擊我要害的男人……」

「過去為了遮蔽死亡芳香，不惜感冒鼻塞的實力不是虛假嗎……！」

「曾經以垃圾袋掉包，讓我偷到假麵包的男人，我不該小看你……！」

「……那些全都只是碰巧吧？」

因為這種事而被取了綽號嗎？士道無力地垂下肩膀。

過了幾秒，總算進入狀況的耶俱矢和夕弦衝向士道身邊。

「士道！汝真有一套吶！」

「讚賞。最後的最後來個大反擊呢。」

「是啊，不過有點犯規的感覺就是了。」

然而對八舞姊妹而言，「同陣營的人拿到麵包」這個事實似乎才最重要。耶俱矢笑容滿面地摟住士道，而夕弦也一臉開心地靠了過來。

士道露出一抹苦笑，將彩虹奶油麵包拿到兩人面前。

「妳們很努力呢──拿去，妳們兩人分著吃吧。」

「…………」

然而，收下麵包的八舞姊妹一語不發地盯著麵包半晌後，便將麵包從袋子裡拿出來，漂亮地分成三等分。

接著將中間的部分遞給士道。

「咦？」

「呵呵……這次汝勞苦功高。本宮賜予汝獎賞。」

「感謝。這次獲勝都是多虧了士道。請你收下。」

士道瞪大了雙眼一會兒，不過隨後便揚起嘴角，收下了麵包。

「這樣啊。那我就心懷感激地收下了。」

「嗯，那麼，來一次勝利的乾杯吧？」

「首肯。借用你的手。」

「乾杯？」

士道納悶地歪著頭，耶俱矢和夕弦便用自己的麵包去碰士道手上的麵包。

看見耶俱矢與夕弦一臉滿足的表情，士道大口咬下麵包。

七夕慶典狂三

Star FestivalKURUMI

DATE A LIVE ENCORE

「這還真是……熱鬧呢。」

士道獨自一人東張西望，以緩慢的腳步走在街上。

在眼前展開的商店街景色比平時更加生氣蓬勃。

這也是理所當然，因為今天正巧是七月七日。由於舉辦每年慣例的七夕慶典，喜愛節慶的商家老闆們正全體總動員在商店街上炒熱氣氛。

而實際上，街道上早已擺滿攤位，除了章魚燒和炒麵等基本攤販外，還羅列著各式各樣的七夕相關商品。來購物的客人也比平時多，大街上人山人海，擠得水洩不通。

士道本身對慶典活動並不特別感到雀躍，卻十分歡迎商店街配合節慶活動，家家都在舉行大拍賣的狀態。雖然標籤上的價格並沒有因此改變，但染上節慶氣氛的商家老闆們會附贈許多商品給客人。

雖說〈拉塔托斯克〉有補助十香的餐費，但如何在不降低料理品質的前提下買到便宜的食材，也是身為五河家掌廚的重要任務。

士道為自己勤儉持家的心態感到悲哀……反正也不是現在才開始有這種心態，事到如今才在意也不是辦法。士道嘆了口氣振作起精神，抬起頭再次物色商店街的商品。

這是士道平淡無奇的日常生活中再平常不過的一幅情景。
之後，士道逛遍每一間熟識的店家，陪心情好的老闆們聊聊天並且買完東西後，便準備回家煮晚餐。
——本來應該是這樣。
然而，就在這個時候——
「咦——？」
士道在對街發現了「那個」。
「什麼……」
在頭腦理解那個存在的同時僵在原地。
隔著一條商店街大道的對面。
有一位身穿單一色調洋裝的少女就站在那裡。
在肩頭鬆鬆束起的黑髮；纖細的四肢。即使長長的劉海遮住臉的左半邊，但顯露在外彷彿會把人吸進去的深邃右眼，以及猶如櫻花花瓣的嘴唇，擁有看一眼便能虜獲男性的魔性魅力。
然而——並非如此。
雖然只有片刻的時間，但令士道一根指尖也動彈不得的，另有原因。
「時崎——狂三……？」

士道以顫抖的聲音呼喚少女的名字，同時嚥下一口口水濕潤乾涸的喉嚨。

——時崎狂三。

她是距今約一個月前轉到士道班上的少女——同時也是妄想「吃下」士道，企圖將封印在他體內的靈力占為己有的精靈。

個性好戰且殘忍，與無關自身的意志引發空間震、帶給這個世界災害的十香和四糸乃等人不同，她是憑自己的意志到處殺害好幾人……通稱「最邪惡的精靈」。

照理說，她應該受到琴里的攻擊，失去了左手臂和一部分的天使，銷聲匿跡了才對。然而，她的身體卻仍保有完整的左手臂。

「……！」

士道不禁用手揉揉雙眼。

搞不好是看錯了，士道緊抓著這渺茫的可能性。

他眨了眨幾次眼睛後，再次將視線投向對面的街道。

結果，那裡已不見少女的身影。

「什……什麼嘛……果然是我看錯——」

「——你好呀，士道。」

「嗚哇！」

正當士道打算鬆一口氣的瞬間，後方突然傳來一道聲音，令他全身抖了一下。
他急忙往後方一看。
結果剛才還站在對街的少女，現在就站在自己眼前。
「狂……狂三……！」
「是呀。好久不見了呢，士道。」
狂三說著露出微笑，撩起裙襬，屈腿行了一個禮。
士道待心跳好不容易平靜下來後，盯著狂三的一隻眼睛，開口問道：
「妳……妳為什麼……會在這種地方？」
士道吐出了無新意的台詞。若是正在和琴里連線通訊，恐怕馬上就會被指正吧。
狂三揚起嘴角，看著士道的臉，低聲呢喃般回答：
「這還用說嗎——當然是來見士道的呀。」
「……！」
士道屏住呼吸，單腳瞬間退了一步。
來見士道。
也就代表——是那麼一回事吧。
不過，士道十分明白憑自己的腳力逃不過她的手掌心。

雖然四周有許多民眾，不過對精靈狂三而言，有沒有目擊者根本是微不足道的小事吧。不對……不僅如此，只要她有心，或許還可能將士道視野所見的所有人都拖進影子當中。

士道同樣注視著狂三，緊咬牙關。光是出現她這個變數，日常的光景便在轉瞬間化為窮途末路。到底該怎麼辦——

「……！」

就在此時，狂三突然伸出手抓起士道的手。

「呵呵……吶，士道？」

狂三露出詭譎的笑容，手指在士道的手上遊走。她的表情彷彿看穿了士道心中所有的想法，令人毛骨悚然。

萬事休矣。士道絞盡腦汁，不斷思考有無其他方法能打破現狀。

然而——狂三不知是否明白士道腦子裡的想法，採取了出乎意料的行動。

「——現在要不要跟我約會呢？」

她一把拉過士道的手，將嘴巴湊近士道的耳邊呢喃細語……

說出了這句話。

「什麼……？」

這意想不到的邀約令士道瞪大了雙眼。

「狂三，妳剛才說什麼……？」

「呵呵，士道真是的。這種事別讓女孩子說第二遍，太不解風情了。」

狂三說完，可愛地歪了歪頭。

「約……會？」

「是呀。我想跟士道一起玩耍，不可以嗎？」

「呃，那個……」

士道頓時語塞。

狂三提出約會的邀請——照理來想，那是危險無比的事情。

不過，士道卻猶豫了。

要說狂三完全不可怕是騙人的。她可是過去殺了好幾個人類的精靈，要讓士道的人頭落地，想必也是輕而易舉吧。

可是，士道心裡也有一種情緒更勝於那份恐懼。

那便是想再次和狂三好好談談。

「…………」

然而，不知道狂三是如何解讀這陣沉默的，她輕輕嘆了一口氣說：

「哎呀哎呀，我還真是不值得信任呢……不過，這也無可奈何啊。你應該根本無法想像要和曾經對自己痛下殺手的人約會吧。可是──」

狂三說到這裡，從下方窺探士道的臉，繼續說道：

「請你放心。我今天不打算傷害士道。如果你說什麼也不肯相信，要用手銬銬住我的雙手或在我的脖子上安裝炸彈，我都無所謂喲？」

「不……不是，我沒有那個意思……」

士道說話吞吞吐吐，狂三見狀便裝模作樣地睜大雙眼，將手抵在臉上。

「那麼，只是單純不想跟我出去玩囉？嗚嗚，我真是傷心呢。都要哭了呢。」

「喂……！沒……沒有人說過這種話吧！」

「嗚嗚～」

「喂……喂喂……」

士道露出困擾的表情，抓了抓後腦杓。

……狂三的模樣擺明不尋常。當然，這也十分有可能只是在捉弄士道……可是該怎麼說呢，眼前的狂三所散發出來的氣息，實在讓人很難跟以前見過的最邪惡精靈做連結。

而且……狂三剛才說了，她今天並不打算傷害士道。

當然那種事只是口頭約定，要打破約定，輕易就能改口。

然而，雖然狂三有時會有所隱瞞或岔開話題，但感覺從來沒對自己說出口的話出爾反爾。

何況最重要的是，反正也改變不了原本危險的狀況，拒絕邀約惹狂三不高興才是最令人絕望的選擇吧。非常有可能在說出「抱歉」的瞬間，就被拖進影子當中。

士道在短時間內歸納出想法後，頭輕輕點了一下。

「……我知道了。我陪妳約會。」

於是，狂三的表情瞬間變得開朗。

「真的嗎？」

她那猶如大朵花兒綻放開來的天真無邪的喜悅表情，令士道有些嚇到。這個答案是士道下了各種決心和盤算之後才做出的判斷……總覺得整個步調亂了套。

「呵呵！我好高興呀。士道你真溫柔呢。」

狂三以雀躍的聲音說完，挽起士道的手臂。

「哇！狂……狂三！妳幹嘛……！」

面對狂三突如其來的舉動，士道紅著臉大叫。雖然是最邪惡的精靈，但她的模樣還是個可愛的女孩子。突然做出那麼大膽的舉動，身為一名健全男高中生的士道會產生許多煩惱。

「喂……喂，不會有點太靠近了嗎……？」

「哎呀？」

狂三露出感到有趣的表情看著士道那副模樣，將身子挨得更近了。

「沒關係。因為——我們現在正在約會呀。呵呵呵，現在，只有現在，士道是屬於我的。還是說……你討厭我挽著你的手？」

狂三語帶沮喪地對士道如此說道。士道感受到一股莫名的罪惡感，發出「唔……」的一聲皺起眉頭。

「沒有，我並不討厭啦……」

「是嗎？呵呵呵，那我們快點走吧。」

狂三說著踏出腳步。士道被她拉著走在商店街上。

——這一天正巧是七月七日。

宛如被銀河阻隔兩人相會的牛郎與織女，隔著往來於大街上流動的人潮——

兩人再次重逢。

◇

「……話說啊，狂三。妳說要約會，究竟是要去哪裡啊？」
在開始移動不知過了多久，士道自然而然向狂三如此詢問。
「這個嘛，其實我有一個想去的地方。」
「想去的地方？是哪裡？」
「呵呵呵，現在還不能說。」
狂三豎起一根手指抵在嘴邊表示「祕密」，可愛的舉動令士道不禁心頭小鹿亂撞。
不過，他馬上心念一轉。得到與狂三談話的寶貴機會純屬僥倖，話雖如此，她的危險性絕對不會因而下降。面對她，一時的大意可能會導致喪命。
正當士道思考著這種事情之際，拉著士道往前走的狂三突然停下腳步。
她露出不懷好意的微笑，一邊舔著嘴唇一邊看向士道。
「──啊啊，啊啊。看起來真美味……呢～」
「……！」
士道聽見這句話，縮起身體。
「什……妳該不會，果然──」
士道的聲音因戰慄而發抖，試圖與狂三拉開距離。然而，狂三的手臂猶如鎖鍊緊緊纏住士道，不打算放開。

「啊，哈……」

狂三的嘴唇彎成一抹新月微笑著，手指向士道——對面的攤位。

那裡有賣「竹葉蜂蜜蛋糕」這種食物，似乎是在一口大小的蜂蜜蛋糕裡放入紅豆泥或卡士達奶油，看起來確實很美味。

「吶，士道，你不覺得看起來很好吃嗎？」

「咦？妳是指……蜂……蜂蜜蛋糕？」

「——哎呀哎呀，你到底誤以為我在說什麼呢？」

士道露出無力的表情回應，狂三便一副覺得他的表情十分逗趣的模樣，嘻嘻笑了起來……總覺得像是被她耍著玩了。

「我說妳……妳啊。」

「呵呵呵，可是看起來真的很好吃呀！你看，還有許多奇奇怪怪的東西。那裡好像在賣『銀河刨冰』喲。」

士道聽了往那個方向看去，確實可以看見販賣刨冰的攤販。那是在藍色夏威夷糖漿上淋上大量煉乳，再撒上彩色配料的刨冰。

「啊啊……原來如此，Milky Way啊。還真會聯想呢。」

「你看，那裡在賣『織女棉花糖』。」

「把捲棉花糖聯想成踩織布機嗎?有點牽強耶……」
「那裡好像是在賣『牛郎牛肉乾』喲。」
「不對吧,牛郎怎麼可以吃牛啊。」
是有多喪心病狂啊。士道臉頰流下汗水,皺起眉頭。
結果狂三用手掩著嘴巴發出輕笑。
「呵呵呵,跟士道在一起,真的很開心呢。」
「呃,我並沒有……」
士道話才說到一半,狂三就更加使勁地拉著他的手臂。
「來,走這邊,士道。」
「哇,等一……不要拉啦!」
「呵呵呵,時間有限對吧?好了,士道,讓我們享受兩人寶貴的短暫時光吧。」
狂三一邊笑著一邊前進。士道就這樣被她拉著走,穿梭在商店街當中。

之後走了十五分鐘左右吧,狂三指著前方的建築物開口說道:
「就是這裡。」

「這裡……是指天文館嗎？」

沒錯。士道兩人抵達的，是離大街有些距離的天文館。

「是呀。我一直很想進去一次看看呢。」

「這樣啊……有點令人意外耶。」

「哎呀，你那是什麼意思呀？」

「啊，沒有啦……」

士道像是在找藉口般含糊帶過……此時他驚覺某件事，輕輕抖了一下肩膀——他對自己心情放鬆到不自覺隨口說出那種話感到驚訝。

他並不打算鬆懈心情，不過從商店街走到這裡其間，他感受不到狂三一絲一毫的敵意和惡意，於是就在不知不覺間解除了戒心。

沒錯。今天的狂三真的是個普通的女孩子。

一臉開心地挽著自己的手、一臉愉快地聊天、一臉幸福地歡笑……真的就是個普通的女孩。

正因如此——雖然只有短暫的時間，卻令士道不自覺忘了上個月的戰鬥。

「…………」

士道默默地注視著狂三。

……不明白她的意圖。是打算讓士道大意，然後「吃」了他嗎？可是如果是這樣，用不著兜那麼大一圈，在見面的瞬間將他拖進影子中不就了事了嗎？那麼到底是為了什麼？難不成，真的只是為了跟他約會……？不，只有這點難以想像。既然冒著被〈拉塔托斯克〉發現的風險也要接近士道，她一定有什麼目的——

「……？士道，你怎麼了？」

「沒有……我沒事。走吧，狂三。」

士道含糊帶過，便與狂三一起走進天文館。

付完兩人份的入場費用，坐到位子上後——不久，會場暗了下來，從某處傳來廣播聲。

『——非常感謝各位今天蒞臨本天文館。今天播放的節目是——』

貫例的開場廣播結束後，呈現半球狀的天花板映照出點點繁星。

「哇啊……」

隔壁座位傳來這樣的驚嘆聲，士道不禁往聲音來源看過去。

結果看見狂三露出閃閃發光的眼神，仰望著天花板閃爍的星星。

「…………」

看見她那純真的模樣，士道搔了搔臉頰……輕輕嘆了口氣後，將視線移向上方。

……真的搞不懂狂三她到底在想什麼。

正當士道感到困惑時，天花板上劃過一條由好幾顆星星構成的帶子——銀河，兩顆格外大的星子分別閃耀在兩端。

『——住在銀河畔、玉皇大帝的女兒織女，是一位會織美麗布匹的天女。然而，自從與養牛的牛郎結婚後便整天顧著玩樂，荒廢了工作。她的父親玉皇大帝看見這種情況十分生氣，為了讓織女專心工作便拆散了兩人。

兩人只能在一年一次的七月七日夜晚相會。可是一旦當天下起雨，銀河的水位便會攀升，無法渡河——』

原來如此。看來是很符合七月七日這個日子，解說七夕由來的節目。

士道往右邊瞥了一眼，與似乎原本就面向這裡的狂三四目相交。

「——！」

「……呵呵！」

士道不由得抖了一下肩膀，而狂三卻露出妖媚的笑容，將自己的手輕輕覆在士道的手上。手背被有些冷冰的柔軟觸感包覆，令士道不禁心跳漏了一拍。

「狂……狂三……？」

即使士道發出疑問，狂三也早已將視線移回天花板上。

她表現出沒有注意到士道內心動搖的模樣，靜靜地開口：

「吶——士道。」

「什……什麼事……？」

「織女和牛郎被銀河阻隔，一年只能見一次面對吧。」

「……是啊，沒錯。」

「可是，如果七月七日下雨，他們連一年一次的機會都會失去。」

「嗯……關於這一點好像有許多說法……不過確實常常這麼聽說。」

士道說完，狂三便吸了一口長長的氣，繼續說道：

「如果……我是說如果喲，如果好幾年、好幾年、好幾年……七月七日都下雨，他們一直無法相會……兩人還能夠思念著彼此嗎？」

「咦……？」

面對突如其來的發問，士道疑惑地歪著頭。

「為什麼……這麼問？」

「時間比任何事物都還要溫柔，就連喪失一年一度相會時機的兩人的悲傷，總有一天也會撫平吧。時間比任何事物都還要殘酷，就連發誓永遠相愛的兩人的愛情，不久之後也會風化而逝吧。接連失去唯一確認彼此心意的時間，兩人的心中能保有彼此到什麼時候呢？」

「這問題……有點難呢。」

士道說著傷腦筋地皺起眉頭。老實說，對於這種問題給不出明確的答案吧。

然而，狂三彷彿在等待士道的回答，緊緊凝視著他。面對狂三那認真的眼神，士道不禁有些退縮。

「啊……狂三？」

「是。」

「我既不是牛郎，更不是織女，這終究是我個人的見解，希望妳聽我說。」

「是。」

「我想他們兩人應該永遠都會惦記著對方。」

士道說完後，狂三歪了歪頭。

「為什麼你會這麼想呢？」

「因為妳想想看嘛，他們兩人是因為感情好得荒廢了工作才被拆散的耶。如果不是發生什麼嚴重的大事，不可能會忘記對方。」

「…………是這樣嗎？」

狂三語帶嘆息地發出低沉的聲音。看來她並不滿意這個答案。

不過，士道的見解還沒說完。他輕輕搖了搖頭。

「不要太快下定論，我可是有確切的根據喔。」

「根據……嗎？」

「是啊。照我看來……這兩個人，其實私底下常常見面。」

「什麼？」

狂三一臉意外地睜大雙眼。

「這是怎麼回事呢？兩人之間不是隔著銀河嗎？」

「不，妳想看看，牛郎牽牛星的別名是河鼓二（Altair），是天鷹座的一等星喔！只要駕著老鷹，一下子就能飛越河川。他們兩個現在肯定也還瞞著玉皇大帝見面，所以不可能忘記對方。」

「…………」

聽見士道的回答，狂三一時之間呆愣地瞪大雙眼——

「呵呵呵……哈哈……啊哈哈哈！」

過了一會兒，她忍俊不禁地笑了起來。

而且不是剛剛談話時那種輕聲，而是以頗大的音量笑了。

周圍傳來「咳咳」的咳嗽聲，刺人的視線投射在兩人身上。儘管如此，狂三依舊沒有要停止大笑的跡象。

「喂……狂三，我們先出去一下，好嗎？」

士道說完拉起狂三的手。儘管狂三依舊持續發笑，卻意外坦率地順從士道。

士道一面向周圍的客人點頭致歉，一面離開陰暗的會場。

過了一會兒，狂三似乎才總算冷靜下來。說是冷靜，其實她現在眼角依然泛著淚光，露出滿足的微笑。

「呼……呵呵，惹得我哈哈大笑呢。原來如此……你說的確實沒錯呢。」

「……我又沒有要惹妳笑的意思。既然妳冷靜下來了，要不要回去裡面？」

士道如此詢問後，狂三便搖搖頭回答「不用了」。

「已經看夠了。話說回來——我想寫寫看短籤。我記得把願望寫在上頭再綁到矮竹上，願望就能實現對吧？」

「不能保證有效就是了……短籤啊。嗯，那麼只要回到商店街，那裡應該有裝飾高大的矮竹，應該也有免費發放短籤。要去看看嗎？」

「好，真期待呢。」

狂三露出可愛的笑容，再次挽起士道的手臂。

「喂……喂……」

士道一瞬間試著抵抗……但隨即領悟到反正說什麼也沒用，便保持這個狀態走出天文館。然後循著來時路往前走。

在走出建築物前看了一下時鐘，時間來到了下午六點左右。天空開始染上一片紅色，地面上則逐漸描繪出一道道長影。

……如果不開始準備晚餐，餓肚子的十香恐怕就會跑到五河家來了。可是又不太可能從狂三身邊抽身，況且——要士道丟下態度明顯與之前見面時不同的狂三逃回家，內心總有些排斥。

——就在即將抵達商店街的時候，狂三輕輕發出「啊」的一聲，停下了腳步。

「嗯……妳怎麼了？」

「士道，你看那裡。」

士道朝狂三所指的方向看去。

那裡有一個小小的結婚會場，以及寫有「免費試穿結婚禮服！」的看板。

「我想穿一次那個看看。回去商店街之前，要不要稍微繞去那裡看看？」

「呃，可是我還是高中生耶。話說，為什麼又要穿那種東西……」

「…………」

狂三聽了瞬間止住話語，並且露出寂寞的表情。

「……我想和士道留下回憶。而且——也希望士道留下跟我之間的回憶。」

「咦？」

聽見狂三吐露出不像她個性的軟弱話語，士道不禁皺起眉頭。

「……不行嗎？」

「唔……」

狂三以濕潤的眼瞳注視著士道，令士道頓時語塞。

「我……我知道了啦。我去問問看，不行就放棄喔。」

「！好！我好開心呀！」

狂三的表情瞬間變得開朗。

看見狂三如此純真的表情，士道整個心思亂了套，同時朝結婚會場的方向走去。

「士道……跑到哪裡去了呢？」

日暮時分。夕陽染紅的天空下，四糸乃走在商店街上。

她是一名戴著帽簷寬大的草帽、身材嬌小的少女。藍寶石般美麗的眼瞳，以及戴在左手的逗趣兔子手偶「四糸奈」為其最大的特徵。

「唔嗯，就是說呀。是發生什麼事了嗎……」

「哼，大概正在店門口煩惱晚餐的菜色吧。快點找到他回家吧。」

走在前方的兩名少女發出聲音，回應四糸乃的疑問。

一個是擁有一頭漆黑長髮以及水晶眼瞳的少女——十香；而另外一個則是以黑色緞帶綁成雙馬尾，看似強悍的少女——琴里。

沒錯。今天四糸乃原本預定要到五河家作客享用晚餐，但因為外出購物的士道遲遲沒有回家，又聯絡不到本人，便陪同擔心的十香和琴里來到商店街尋找士道。

就在此時——

「唔？」

十香突然挑動了一下眉毛，隨後輕輕拍了拍琴里的肩膀。

「琴里、琴里。」

「嗯，怎麼了？找到士道了嗎？」

「不是，沒有找到……我只是在想那個是什麼。」

十香說著指向大街的方向。

那裡沿街排著為數眾多的矮竹，而且矮竹的枝葉上還綁著許多像是裁切成小紙條的東西。

「喔喔……那是短籤和許願竹。話說回來，今天是七夕呢。」

「短籤？七夕？」

「是啊。聽說將願望寫在叫短籤的紙上，然後綁在矮竹上的話，那個願望就會實現喔。」

「什……什麼……！」

聽見琴里的說明，十香的眼睛閃閃發光。

「琴……琴里！」

「……是、是。要寫也可以喲。」

「唔……嗯！」

琴里洞察一切般如此說道，十香便誇張地點點頭，朝矮竹的方向跑去。

看到十香的舉動後，琴里看向四糸乃說：

「好了，四糸乃也去吧。」

「咦……我……我也可以去嗎……？」

「當然可以呀——不過，願望會不會實現倒另當別論就是了。機會難得，就去寫吧。」

「好……好的……！」

四糸乃跟著琴里走向大街後，拿了兩張正在發放的短籤，跟「四糸奈」一起用現場準備好的筆寫下願望。

「喔喔，大家要寫什麼願望呢？」

此時，十香似乎早一步寫完願望，探頭偷看琴里的短籤。

「……！」

結果琴里屏住呼吸，將寫到一半的願望整個塗掉。

「唔？琴里，妳怎麼了？」

「沒……沒事。我寫錯了啦，寫錯了。」

琴里說著在塗掉的文句旁邊重新寫上願望。
「唔？這跟剛才的願望不一樣吧？」
「是妳想太多了啦，想太多了！妳……妳看，四糸乃寫完了！快點掛上許願竹，然後去找士道吧！」
「唔？唔……好……」
「好……好的……」
彷彿被琴里的氣勢壓倒，十香和四糸乃點了點頭。
然後將短籤綁在矮竹上後，從人潮中脫身而出。
「呼……不過人潮這麼多，要找人好像也不容易呢——沒辦法了，稍微分工合作吧。我去商店街的北邊，十香去南邊，四糸乃和四糸奈去外圍找找看。要是三十分鐘後還沒找到，再回來這裡集合。可以吧？」
「嗯，了解！」
「好……好的……我知道了。」
「OK～～！交給我吧～～！」
十香、四糸乃以及「四糸奈」點頭允諾。
「好……那麼，開始搜索！」

隨著琴里的號令聲響起，三人和一隻在商店街散開。

四糸乃的負責區域是商店街的外圍一帶。跟大街相比，人潮較為稀疏，也較少遇到有人發面紙或突然撞到別人的肩膀這種事情。想必是琴里貼心地為她著想吧。

四糸乃在心中對琴里道謝，並開始尋找士道的蹤跡。

「……士道，希望他沒發生什麼危險的事才好……」

四糸乃自言自語般低聲呢喃，左手的「四糸奈」便發出「嗯呵呵呵」這種意味深長的聲音。

「哎呀～～與其說危險呀～～這該不會是那個吧？」

「那個……？」

「女人啦～～女、人。呀～～！士道好色！」

「四糸奈」說完用雙手遮住臉，害羞似的扭動身體。

「怎麼會，只有士道他不會……」

四糸乃露出苦笑，話才說到一半——

「咦……？」

下一瞬間，她便睜大雙眼凍結在原地。

理由很單純。因為她發現士道正和一名陌生的少女走在一起。

「那……那是……」

「是士道呢～～嗚哈！帶著一個超級大美女呢～～真有一套！」
「怎……怎麼會……」
正當四糸乃發出顫抖的聲音時，士道和少女走進了一棟建築物。
——竟然是……結婚會場。
「咦……！」
「咻～～」
雖然不清楚詳細情形，但四糸乃曾聽說過結婚就是指互相發誓永遠愛著對方，一輩子依偎在一起。
——難不成，士道他真的？
「……！」
四糸乃屏住呼吸，一邊躲在暗處一邊朝兩人進入的結婚會場前進。
她從入口處望向建築物內部，便看到士道似乎在和櫃檯的人講話，剛才那名少女就站在他的身後。
絲綢般的黑髮以及端整的容貌，是一名美得驚人的女子。
「士……士道……為什麼，怎麼會……」
「……哎呀？」

正當四糸乃以難以置信的眼神凝視著那名少女時，少女似乎察覺到她的視線，緩緩朝她的方向走近。

「妳好呀。找我有事嗎？」

「噫……！」

對方突然過來攀談，令極為怕生的四糸乃抖了一下肩膀。

然而，事到如今不能退縮。四糸乃鼓起勇氣發出聲音：

「請……請問……妳……跟士道是什麼樣的……」

四糸乃一提到士道的名字，少女便一臉意外地將眼睛睜得圓滾滾的。

「妳是士道的朋友嗎？哎呀……？話說，我好像在哪裡看過妳……？」

少女像是陷入沉思般低聲沉吟，幾秒之後便露出有所會意的表情，輕輕點了點頭。

「……？」

「啊啊，妳別在意。話說回來，妳是問我跟士道的關係……嗎？」

「是……是的……！」

四糸乃點點頭，少女便揚起嘴角露出妖媚的笑容。

「這個嘛，該怎麼說呢，該說是切也切不斷的緣分，還是難捨難分的感情呢……我們的關係很特別，濃密到別人無法介入的地步。」

「咦？咦……？」

四糸乃聽了露出驚慌失措的神情。少女像是覺得四糸乃的反應很有趣，繼續說道：

「士道全身上下每一處我都知道得一清二楚喲。因為我就像舔遍他全身一般仔細調查過了嘛。對了……尤其是上個月見面時，我們一起度過了火熱的夜晚喲。我在跟士道說話的時候，突然有灼熱的物體插入我的體內……呵呵呵，得請他確實負起責任才行。」

「什……什麼……」

「啊啊，對了對了。我現在身上穿的內衣褲，是士道親自幫我挑選的喲。如果妳不介意，要不要看看呀？」

少女說完，抓起裝飾著荷葉邊的裙襬慢慢往上掀開。

「……！」

四糸乃陷入混亂似的眼珠子轉呀轉的，拔腿就跑。

「嘻嘻，再見。」

少女嗤嗤笑著對四糸乃說道，然而四糸乃沒有心思回頭。她無法整理混亂的思緒，只是一味地在路上奔跑。

◇

「總覺得……靜不下心呢……」

士道待在結婚會場的休息室內，一邊搓揉著脖子一邊小聲說道。

不過，這也難怪吧。出生以來頭一遭穿著白色西裝禮服的男人，一定都抱持著同樣的感想。

沒錯。就結論而言，士道&狂三這種高中生情侶同樣也能試穿禮服。

不，說得更正確一點，櫃檯小姐一開始擺了張臭臉，但狂三在她耳邊竊竊私語了一陣之後，她就一改原先的態度，變得莫名配合。具體的效果……甚至還出借了給新郎試穿的西裝禮服。

「狂三那傢伙，到底跟她說了些什麼啊……？」

士道嘆了口氣——此時他突然察覺到一件事。

「啊……對喔，現在不是可以使用手機嗎！」

先前被現場的氣氛牽著走，腦筋一時忘了運轉。士道從掛在衣架上的衣服口袋裡拿出手機，手機螢幕上顯示出好幾通未接來電的通知。看樣子似乎讓其他人擔心了。

「總之，先跟琴里聯絡……」

然而，就在士道打算開啟來電紀錄的瞬間，休息室的門「砰！」一聲打開，剛才坐在櫃檯的女性走了進來。

「好了，新娘已經準備好了喲！新郎官請往這邊走！」

她表現出幹勁十足的模樣，牽起士道的手。

「哇！喂！」

事發突然，士道來不及反抗，結果依舊沒打成電話，就這麼被帶出房間。

接著兩人走在走廊上，到了另一間休息室門口，對方才總算放開士道的手。

「好了，請進吧。」

「喔……好……」

士道隨便應和了一聲，同時將手放在門把上，打開門。

於是，下一瞬間——

「——」

站在休息室中央的狂三身影映入眼簾，令士道啞然失聲。

與平時印象呈現對比的純白禮服包覆著狂三纖瘦的身體。猶如沿著身體曲線縫製的上半身部分，以及看似手感舒適的長手套；從腰間向下延伸的長裙——無處不是精緻的設計。

她一頭長黑髮整齊地盤起，上頭也裝飾著純白的頭紗。容貌則是施以淡妝——美得令人不禁失聲。

「呵呵……你那樣猛盯著人家看，人家會害羞呢。」

「！啊，呃……抱……抱歉。因為實在……那個，太美麗了。」

「哎呀，我真高興呢。」

狂三聽了臉龐染上淡淡紅暈，優雅地笑了。不知為何，待在士道身後的櫃檯小姐也跟著一副感動萬分的模樣吸著鼻涕，以手帕擦拭眼角。

「……我問妳，狂三。妳跟那個人說了什麼啊？」

「啊啊，你說那位小姐嗎？也沒說什麼大不了的事，只是跟她說『我得了難治之症，沒多少時間可活了，恐怕活不過男友可以結婚的年齡。男友覺得我很可憐，心想至少要讓我穿上新娘禮服』，結果她突然就對我很客氣……」

「……呃，妳這完全是說謊嘛。」

「呵呵呵，是這樣嗎？」

即使士道瞇著眼說了，狂三也只是打趣般笑著。

此時，淚眼婆娑看著這幅光景的櫃檯小姐用力吸了吸鼻涕，催促著士道兩人：

「好了，如果準備好就請到教堂去，也免費幫你們照張相。」

「咦……不，不用了啦。怎麼好意思還拍照。」

「你在說什麼呀！這……這搞不好是最後一次了喲……！」

櫃檯小姐激動地大喊，用手帕捂住臉，發出「嗚嗚……」的哭聲。看樣子，她的淚腺似乎十分發達。

「有什麼關係嘛，士道。我也……想跟士道拍照呢。」

「……嗯，嗯──」

士道雖然心想「這樣好嗎」，但事到如今也說不出「一切都是假的」這種話，況且也沒有理由不順著狂三的意思做。

士道在櫃檯小姐的催促之下，與狂三一起走在走廊上。

接著來到建築物的後方。那裡有一處猶如寬廣中庭的場所。

那是個彷彿隔絕市街喧囂的寧靜空間，中央──有一座教堂。那座教堂受到逐漸西沉的夕陽所散發出燃燒般的光芒照耀，染上了橘紅色彩。

小歸小，卻是一間修繕得無微不至的美麗禮拜堂。開啟巧克力色的門扉後，可看見成排的長椅中間鋪設著一條長地毯、設置在最深處的祭壇和巨大十字架，以及燦爛奪目的彩繪玻璃。

「快快！到祭壇前面去！我來幫你們照相！」

「喔……喔，謝謝。」

「呵呵呵，謝謝妳。」

女性手持誇張的數位單眼相機，士道和狂三聽從她的指示並肩站在祭壇前面。

「好了，那麼請看我這邊。來，兩位再靠近一點。新郎官，笑一個、笑一個。」

「哈……哈哈……」

士道聽了露出生硬的笑容，快門也同時「喀嚓」一聲按下。

◇

不知道從結婚會場跑了多久，四糸乃突然「咚！」的一聲撞上了某個柔軟的物體。

「呀……！」

「四糸乃？妳怎麼了？那麼慌張。」

看來撞上的似乎是十香。她一臉疑惑地歪著頭。

「十……十香……士道……他……！」

「唔？士道怎麼了嗎？」

四糸乃上氣不接下氣地說了，少女——十香便皺起眉頭。

「是……是的……他……」

四糸乃想辦法調整呼吸，然後把剛才所見所聞說明給十香聽。

「嗯……嗯……？士道要跟掀起裙子的女人結婚……？」

十香眉頭深鎖，露出困惑的神情。

哎，這也難怪。因為就連實際看過現場的四糸乃也不曉得事情為何會演變成那樣。

就在此時——

「啊……十香、四糸乃，妳們找得如何？有找到士道嗎？」

有人出聲向面面相覷、感到困惑的兩人搭話。那個人便是琴里。

「喔喔，琴里。其實，四糸乃看到士道了。」

「真的嗎？他在哪裡？」

「唔嗯，關於這件事，士道好像掀開可愛女孩的裙子，度過了火熱的夜晚，然後要負起責任跟對方結婚的樣子。」

「什麼……？」

十香說完，琴里目瞪口呆。

隨後漸漸漲紅了臉，染上憤怒之色。

「什……！那是什麼話呀！士……士道要結婚！這是怎……怎怎怎麼一回事呀！」

「我……我也不太清楚……」

「別開玩笑了！哪裡來的野女人！欺騙我的哥哥！」

琴里高聲吶喊，氣憤地直跺腳，然後露出凶狠的目光看向四糸乃。那道銳利的視線令四糸乃

「噫！」地驚叫出聲，屏住呼吸。

「四糸乃，他在哪裡！快帶我去！」

「好……好的……！」

雖然四糸乃覺得十香的說明跟她表達的內容有些不同……不過並沒有改變她本來就想找兩人幫忙的事實。

四糸乃隨同十香和琴里，折返回剛剛來時的路。

◇

拍完照、換好衣服後走出會場，四周早已一片昏暗。

話雖如此，也不能在此時撂下一句再見就走人。狂三的特別約會路線還沒走完。

沒錯。士道現在也因為狂三想寫短籤的這個希望，在夜晚的路上朝商店街前進。

「…………」

士道默默地看向走在身旁的狂三。

狂三看似寶貝地抱著在剛剛的會場交給她的照片（而且就跟真正的結婚照一樣，還免費幫相片裱版），心情愉快地哼著歌。

而且偶爾會像是突然想起來似的打開裱版，看著兩人站在一起的照片，露出開心的微笑。

……士道似乎愈來愈不明所以了。

對方是最邪惡的精靈，必須極度警戒的少女。

但至少單就現在的狂三來看，只覺得她真的是來和士道約會的。

「啊，士道，你看。」

此時，狂三宛如要抹滅士道的思考，高聲說道。

「嗯……？」

士道聽了抬起頭。沿著商店街的建築物，好幾顆高大的矮竹並排在街道上，竹葉擴展於夜空中。已經有好幾張短籤綁在上頭，形成莫名繽紛的景象。

「哎呀，真是漂亮呢。」

「是啊……妳看，那裡好像在發短籤喔。妳去寫，如何？」

「好的，我就去寫吧——士道你不寫嗎？」

「咦？呃，我……」

「機會難得，要不要一起寫呢？」

狂三溫柔地微笑後牽起士道的手。士道就這樣被她拉著朝矮竹的方向走去。

在竹葉簾幕下方排著能供大家寫短籤的長桌。

士道隨著狂三一起從工作人員手上接過短籤後，借用放在切掉保特瓶上方所製成的筆筒裡的簽字筆，接著「唔唔嗯」地輕聲沉吟。

「願望……啊。」

也不是說沒有啦……只是一旦想正經地寫下願望，一時半刻反而想不出個所以然。

士道心想其他人都許了些什麼願望，便不經意將視線向上移。

「嗯……？」

接著，在眼前的短籤上發現了一個熟悉的名字。

「我今天晚餐想吃炸豬排咖哩。　夜刀神十香」

「那……那傢伙……什麼時候來這裡的？」

從充滿特色的筆跡看來，無疑是本人寫的東西。士道搔著臉頰，暗自下定決心回家路上要去買炸豬排咖哩的材料。

再往旁邊一看，這次則看見了另一張短籤。

「希望以後敢看著別人的眼睛說話。　四糸乃」

「希望四糸乃幸福。　四糸奈」

「哈哈……」

看到如此令人會心一笑的願望，士道不禁露出微笑。看樣子四糸乃和「四糸奈」也跟十香一起來過這裡。

「那麼，搞不好……」

士道再往旁邊一瞧。

「希望士道能再精明能幹一點。　五河琴里」

「那……那個傢伙……」

那無庸置疑是士道的妹妹五河琴里所寫的短籤。士道抽動了一下臉頰，同時皺起眉頭──突然在那個願望的右邊發現了用筆將文字塗掉的痕跡。

「…………」

難以想像那個妹妹大人會寫錯。大概是因為不小心寫了粗俗謾罵的話，怕被人看到只好重寫這類的原因吧。

士道嘆著氣搔了搔臉頰，將視線移回自己的短籤上。
看來似乎也沒必要那麼奮力地寫。士道提筆寫下「希望所有精靈都能幸福」，寫到一半——
立刻想起「精靈」是隱祕的存在。
「我想想……」
「哎，就是這樣吧……」
重新改寫成「希望不再發生空間震。世界和平」。雖然寫得有些委婉，不過意思上並沒錯。
士道說完看向狂三。
老實說，對於她會許下什麼願望，說沒興趣是騙人的。
「狂三，妳寫了什麼？」
士道探頭想偷看她的手邊，結果她立刻將短籤翻面。
「呵呵呵，士道真是的，竟然想偷看少女的祕密。你這個人真是糟糕呢。」
狂三露出妖豔的微笑，豎起食指在士道的嘴唇上輕輕碰了一下。
「什……！」
「呵呵，真是可愛的反應呢。」
「不……不要戲弄我啦。」
士道用手臂擦拭嘴唇，狂三見狀似乎更加愉悅地嘻嘻笑了起來。

「算了。總之，妳寫完了吧？那麼要把短籤綁在矮竹上囉。」

士道說完，狂三點了點頭。

「好的，要綁在哪裡呢？」

「這個嘛……好像常聽別人說綁在離天空近一點的地方，願望比較容易實現……」

「離天空近一點……也就是那邊囉？」

狂三指向上方。那裡矗立著一株超過建築物屋頂的巨大矮竹，想必大家的手都無法搆到那裡，沒有一張短籤掛在上方的位置。

「哎，確實是很高……不過很危險吧。妳看，對面的矮竹好像還很空，我們去掛那裡吧。」

「好，沒關係。」

士道和狂三手持寫有願望的短籤，沿著矮竹簾幕朝對面走去。

來到離大街有些距離的地方後，發現還有許多可掛短籤的空間。

「嗯，那就掛在這附近吧。」

士道說完伸出手，將短籤綁在矮竹上。

此時，他疑惑地歪著頭。

因為狂三手裡拿著短籤，始終站在原地。

「狂三？妳怎麼了？」

狂三無力地呵呵一笑後，輕啟雙唇說：

「士道……你剛才說過吧。牛郎和織女不管經歷多少年雨天，依舊不會忘記對方。」

「咦？是啊……我是說過沒錯。」

士道如此回答，狂三便像是在細細品味那句話一般低下視線，開口說了：

「吶……士道。即使經歷好幾年的雨天，你依舊不會忘記我嗎？」

「咦？」

面對突如其來的問題，士道不解地歪著頭。

不過，狂三看起來並不像在開玩笑。

士道思考了幾秒鐘之後，點點頭回答「對」。

「我不會忘記。應該說……像妳這種令人印象深刻的女孩子，怎麼可能忘得了啊。」

士道面露苦笑說了。

「是嗎？」

狂三便一臉滿足地微笑道。

「怎樣啦……真是奇怪的傢伙耶。快點，妳不綁短籤嗎？要是妳不想被看到內容，我可以過去那邊——」

「不用。」

狂三靜靜地搖搖頭。

「看來……時間到了呢。」

「時間……到了？」

狂三似乎話中有話，令士道蹙起眉頭。

就在這一瞬間——

「——總算找到妳了呢，『我』。」

狂三背後隔絕大街喧囂的陰暗巷弄裡，傳來了這樣的聲音。

「什……」

接著看見神不知鬼不覺站在那裡的人影，士道頓時語塞。

那是一名美少女，身穿以鮮血般赤紅、魅影般漆黑的色彩所點綴而成的洋裝。綁成左右不均的黑髮以及異色的雙眸，而其容貌——

無庸置疑正是狂三。

沒錯。狂三的背後站著另一個身穿靈裝的狂三。

站在影子之中新出現的狂三輕啟雙唇說道：

「妳還真是隨心所欲地到處行動呢……不過，到此為止了。不順從我意的分身，存在也只會礙事罷了。」

「分身……！」

士道瞪大眼睛，看向手持短籤的狂三。

狂三將從自己的過去截取出的好幾個分身潛藏在影子中——這是上個月就已經知道的事。

——不過，沒想到今天一直跟自己待到現在的狂三，竟然是分身。

正當士道的頭腦一片混亂時，影子之中的——「本尊」狂三撩起裙襬，屈腿行了個禮。

「好久不見了，士道。真是不好意思呢——我的瑕疵品似乎給你添麻煩了。」

「……這……這是怎麼一回事啊。」

士道以困惑的語氣問道，本尊狂三便看似慵懶地瞥了一眼分身狂三後繼續說道：

「我以前有說過吧。我的分身既是我的過去，也是我的經歷。待在那裡的狂三也不例外，是從我過去的某個瞬間截取下來的擬似人格——只不過，截取的時間點糟透了。」

「糟透……？」

「沒錯。」本尊狂三點頭回答：

「那個『我』是我在補充分身的時候……不小心失誤所重現出來的。上個月和士道在高中校舍屋頂說話的個體……老天爺還真愛惡作劇呢。」

「什——」

士道鎖喉發不出聲音。

記憶仍十分鮮明。

上個月士道確實在來禪高中的校舍屋頂上和狂三說過話。

士道說服在學校張開結界，甚至打算更進一步引發空間震的狂三，而就在狂三回答到一半的時候——

本尊狂三出現，殺了那名狂三。

「妳就是那時的狂三嗎……？」

「…………」

狂三只是一臉悲傷地微笑。

本尊狂三看到那副模樣，看似不耐煩地嘆了口氣。

「很抱歉，我不可能放著不聽從我命令的分身不管。特別是，對士道有所牽絆的『我』。」

本尊狂三說完，緩緩舉起右手——立刻握起拳頭。

於是，狂三腳邊伸出好幾隻慘白的手，將她拖進了影子當中。

「狂——狂三……！」

士道頓時伸出手臂想拉住狂三的手，然而——為時已晚。

「士道——今天我真的……玩得很開心。」

狂三絲毫沒有反抗，只是任由白皙的手將她拖進影子之中。

簡直就像……打從一開始就知道事情會演變成這樣。

「狂……三……」

「……要殺兩次同樣的『我』，心裡也不好受呢。」

本尊狂三說著，便像剛才一樣提起裙襬，行了一個禮。

「今天的事已經處理完了。其實我也想再跟士道聊久一點，不過……」

本尊狂三朝士道的後方瞥了一眼。

與此同時——

「士道！」

「快讓開！」

熟悉的聲音才響徹四周，十香和琴里便立刻衝到了士道前方。

「十……十香——琴里？」

士道揚起訝異的聲音，四糸乃也隨後跑了過來。四糸乃一時之間似乎還搞不清楚狀況，表現出慌張失措的模樣，但或許是看到十香和琴里的反應，彷彿要保護士道一樣牽起了他的手。

「狂三……！我不會讓妳碰士道一根汗毛！」

「妳沒受夠教訓又出現了呢。今天有何貴幹？如果是要乖乖投降，我倒是可以聽妳說。」

十香和琴里說完，狂三便無奈地搖著頭，將視線移回士道身上。

「──看來今天有恐怖駭人的火焰精靈在場，我就先告退了──再見了，士道。」

狂三說完便消溶在黑暗中。

隨後，支配四周的緊張感也跟著煙消雲散。

與此同時，站在士道前方的十香轉過身。

「士……士道！你沒事吧！」

「…………嗯，我沒事。」

士道以壓抑的聲音回答後，緊咬牙關，用力朝地面揮下一拳。

「狂三……！」

本應在上個月被本尊狂三殺掉的分身。

不知道是基於什麼樣的理由，再次現身在自己面前。

而她真正的用意為何，如今也已不得而知。

不過──只有一點可以肯定。

那個狂三是在了解自己會再度被本尊狂三殺害的情況下來見士道的。

為了僅僅數小時的回憶，違抗絕對的「自己」。

「…………！」

士道無法克制難以言喻的感情洪流，再次狠狠捶打地面。

「士……士道……」

十香發出擔心的聲音。

然而，士道還無法整理內心的情緒。各式各樣的情感化為漩渦，無法匯整思考。

就在這時——

「……士道，那個是？」

背後傳來琴里的聲音。

士道聽見她的聲音，微微抬起頭——然後瞪大了雙眼。

那是分身狂三遭影子吞噬的地點。那裡掉落了一本收納照片的裱版——以及一張紙。

「短……籤……」

士道認出那些東西之後，搖搖晃晃地站起身，撿起掉落在地的短籤。

接著，逐字閱讀上面的文句。

「…………！」

士道緊緊咬牙幾乎要咬出血來，然後拿著那張短籤朝大街的方向跑去。

「啊……士道！你要去哪裡！」

士道將十香的聲音拋在身後，無懼眾人的目光，撥開人群前進。

他來到剛才狂三所指的最高大的矮竹附近，將短籤啣在口中，腳踏身旁的電線桿，爬上建築物的屋頂。

這個舉動似乎立刻引起了四周混雜的購物人潮的注意。下方傳來喧鬧聲。

然而，士道一點也不在意，沿著屋頂抓住最大的矮竹。

儘管呈現不自然的姿勢，士道依舊將原本啣在口中的短籤綁在矮竹的最頂端。

可是——

「哇……！」

就在綁好短籤的瞬間，士道的身體失去平衡，從屋頂上摔了下來。視野一陣天旋地轉，原先充滿四周的喧鬧聲轉為驚叫。

「士道！」

不過就在響起這道聲音的同時，士道的身體在掉落到地面的前一刻被人牢牢接住了。看來似乎是奔馳而來的十香救了他。

「你沒事吧，士道！」

「喔……喔……妳救了我一命耶，十香。」

「到底是怎麼了呀？因為你突然跑走，害我嚇了一跳。」

「啊啊……我想把短籤掛起來。」

「唔？」

十香皺起眉頭，朝上方看去。

只有一張短籤在最高大的矮竹頂端晃動。

「掛在那裡嗎？唔，真危險耶。」

「嗯……抱歉。可是……只有那個願望，如果不實現我就傷腦筋了。」

士道說完，循著十香的視線往上看——凝視著短籤隨風搖曳的小小影子。

「希望有一天能再和士道見面。　時崎狂三」

「我不會忘記……怎麼能忘記。」

士道緊握拳頭，用力朝天空伸出去。

滿天繁星。一顆流星猶如飛越銀河般，劃過天際。

後記

好久不見，或是初次見面，我是橘公司。

為您獻上《約會大作戰 安可短篇集》。各位覺得如何呢？如果各位讀者喜歡本書，將是我莫大的榮幸。

想必各位已經發現了，這次並非續集作品。話說如此，當然也不是《約會大作戰 DATE A LIVE》本篇完結，開始新的系列作品。

沒錯。這是短篇集！終於得以出版富士見的傳統——短篇集了！

我在第七集的後記也寫了，以《約會大作戰 DATE A LIVE》的故事性質來說，曾在本篇出場的女性角色們無法在本篇故事中完整敘述日常生活。

因此，這次才計劃以短篇集的形式將焦點放在各個女性角色上，以補充不足的出場畫面。

具體而言，是收錄過去刊載在《Dragon Magazine》的十香、折紙、四糸乃、琴里和八舞姊妹的短篇，以及為了短篇集而全新創作的狂三短篇故事。

因此，這是我第一次寫短篇集的後記。

話雖如此，小說的內容倒另當別論，但後記並沒有什麼太大的差別，所以我本來心想跟平常一樣下筆就好了。

但是，問題來了。

我基本上都是以在初稿的時候多寫一點內容，改稿時再逐步刪減篇幅的方式完成原稿。因此，每次頁數大多掌控在勉強可以寫後記的數量，後記的分量都會比較少。

不過這次儘管有未公開新稿，但因為是收錄刊載在《Dragon Magazine》的短篇，跟平常的做法大不相同……總之，重點在於後記有八頁之多。

嗯。我沒寫過這麼長的後記。

因此，既然是難得的短篇集，我就來簡單解說一下每篇故事好了。

接下來，我要大致說明各篇故事的內容。因為多少會透漏故事情節，不希望看到任何資訊的讀者請先看完小說再閱讀。

○遊樂場十香

這是在《約會》第一集之後立刻寫下的第一篇短篇故事。主角當然是十香，不過由於也是第一次讓《Dragon Magazine》的讀者閱讀的《約會》，所以添加了基本角色人物的身分和約會體制的介紹。雖然故事的限制有點多，不過我寫得十分開心。我最喜歡會錯意的梗了。

其實在這篇故事中登場的夢想貓熊胖達洛，在第二集的彩頁中也有出現，可以窺見正延伸出各式各樣的商品。順帶一提，長得跟つなこ老師的自畫像十分相似。

說個題外話，夢想貓熊胖達洛和七彩海狗膃肭勒還有兩個朋友——叫星星草泥馬的阿爾泥奇和花朵青蛙呱蘿碧。

○搞不定折紙

《約會》首次登上刊載這篇短篇的《Dragon Magazine》封面，也同時發表了動畫化的消息。

寫完十香，接著來寫折紙吧！雖然以這樣的想法構思了許多情節，但似乎怎麼想都只能想到士道被折紙吞下肚的畫面。我記得最初的構想好像是，折紙宛如「魔鬼終結者」T-1000般追逐正與十香約會的士道。

不過實在是太恐怖了，所以就決定寫「為了降低折紙的好感度而約會」這樣的題材。由於在寫折紙的場面時振筆疾書，所以沒什麼自覺，不過當我在《Dragon Magazine》上看到折紙的插畫時，異常覺得「我該不會做了非常要不得的事吧」。

○煙火大會四糸乃

我記得比起十香和折紙，四糸乃的故事構想很順利就定下來了。不愧是四糸乃，對寫作的人也很溫柔。

不過相反的，交稿的時候卻是最讓我慌了手腳的一篇故事。

會這麼說是因為交稿前一刻責編突然打電話給我，我納悶有什麼事情，結果對方跟我說「這樣子不能交稿」。

公：「這是怎麼回事？不是說內容ＯＫ嗎？」

編：「不行。最後有一幕是士道看見被雨淋濕的四糸乃，因而感到臉紅心跳對吧？那樣不行。不夠力。」

公：「你的意思是？」

編：「我覺得這裡應該要打屁股才對……！」

公：「…………！」

……真是太天才了！

那張插畫是責編出色的意見所誕生出來的成果。Bravo。

○生日宴會琴里

準備萬全、等待好時機上場的琴里短篇故事。當我思考著要寫些什麼的時候，最先想到的就是「生日宴會」。

雖然這是絕對不可或缺的大活動，不過放入本篇的話篇幅會太長。話雖如此，但在不知不覺間增長年齡又覺得很落寞。

於是，故事內容就成了大家一起為琴里慶祝的生日宴會。就劇情發展而言，琴里在長篇故事中大多綁著黑色緞帶出現，但由於這次是補充平常無法描寫的內容，所以就讓白色緞帶琴里多一點出現的機會。

○午餐時間八舞

暑假終於結束，八舞耶俱矢、八舞夕弦姊妹加入戰局。兩人就像一對笨蛋情侶，寫起來很開心。不過因為要想說話方式和兩個漢字的詞彙很麻煩，也是兩個很費時間的角色。

基本上，之前的短篇故事都是只以既存的角色為主來描述，這次第一次出現長篇故事中未登場的角色。沒錯，就是福利社四天王。

看過我的出道作品《蒼穹のカルマ》的讀者可能知道，我最喜歡這種白痴角色了。我認為能讓他們這種角色登場也是短篇故事的魅力。

○七夕慶典狂三

自從接到要出短篇集的消息之後，我就大致在心裡決定要寫狂三當作未公開新稿的部分。由於她自己在長篇故事中也還沒完全迷戀上士道，所以不只在本篇，就連在《Dragon Magazine》也

後記

很難描述她的日常生活。不過都說要補足女性角色的部分了，狂三不出場的話不就是欺騙大眾了嗎～～嗎～～

正巧適逢這個時節，於是決定寫Star Festival——也就是七夕的題材。一開始是取名為「Star狂三」，不過總覺得取這個副標，狂三好像要以歌手身分出道似的，因此作罷。

基本上《約會》短篇的信條是快樂、可愛、有趣，不過這次稍微改變主旨，呈現出悲傷的感覺。我個人還滿喜歡這篇的。

那麼，本書也跟長篇一樣，受到了多方人士的關照才得以完成。

總是畫出美妙插畫的つなこ老師自是不在話下，責編和編輯部的各位，以及諸多出版、販售相關人士，真的非常感謝各位。

由於還有許多女性角色的故事想補充，有興趣的讀者敬請翻閱《Dragon Magazine》。

那麼，下次如果能在《約會大作戰 DATE A LIVE 8》相會，將是我莫大的榮幸。

二〇一三年三月　橘　公司

Kadokawa Light Novels

絕對雙刃 1~3 待續

Kadokawa Fantastic Novels

作者：柊★たくみ　插畫：淺葉ゆう

孤島特訓課程卻遇到意想不到的人
滿懷惡意的「品評會」即將揭幕──！

「焰牙」──那是藉由超化的精神力，將自身靈魂具現化所創造出的武器。我與茱莉隨大家一同航向南洋小島，體驗為期一週的濱海課程。但在前往宿舍的途中，我們遭到兩名使用「焰牙」的黑衣人襲擊，其真面目竟是曾在「資格之儀」上敗給我的女孩……？

台湾角川

各 NT$180~200/HK$50~60

國家圖書館出版品預行編目資料

約會大作戰 安可短篇集 / 橘公司作 ; Q太郎譯. --
初版. -- 臺北市 : 臺灣角川, 2014.03
面 ; 公分
譯自 : デート・ア・ライブ アンコール
ISBN 978-986-325-856-8(平裝)

861.57 103001858

Kadokawa
Fantastic
Novels

約會大作戰DATE A LIVE
安可短篇集

（原著名：デート・ア・ライブ アンコール）

2014年3月14日 初版第1刷發行
2024年3月22日 初版第12刷發行

作　　者：橘公司
插　　畫：つなこ
譯　　者：Q太郎

發 行 人：台灣角川股份有限公司
總　　監：呂慧君
總 編 輯：蔡佩芬
主　　編：林秀儒
編　　輯：孫千棻
設計指導：陳晞叡
美術設計：吳佳昀
印　　務：李明修（主任）、張加恩（主任）、張凱棋

發 行 所：台灣角川股份有限公司
地　　址：104台北市中山區松江路223號3樓
電　　話：（02）2515-3000
傳　　真：（02）2515-0033
網　　址：www.kadokawa.com.tw
劃撥帳戶：台灣角川股份有限公司
劃撥帳號：19487412
法律顧問：有澤法律事務所
製　　版：巨茂科技印刷有限公司
ISBN：978-986-325-856-8